貞子と慎一と昭和十七年の春のこと

櫻本富雄

鳥影社

「吼えない犬」

荒々しく近づくと
その犬は
脂《ヤニ》だらけの目で
ゆっくり　こちらを眺めるが
なんにもないじゃないか
直ぐに目を閉じてしまう

犬が自主的に動くのは
首を曲げて
股間のイヌジラミの実を
舐め落とす時だけだ
そして　おまけのように
両足を舐めると
また　くたっと寝てしまう

目次

諦念

――カラスの呟き

これはフィクションである。実在の地名や人名を使用したのは、真実らしくするための擬態である。差別用語も差別主義とは関係ない。

プロローグ

昭和十六年（一九四一年）十二月八日の早暁。

日本はマレー半島の英領コタバルと米国のハワイ・真珠湾を、奇襲攻撃した。アジア・太平洋戦争の勃発である。

日本は、世界平和のために、アジアが西洋の植民地から解放・独立し、アジア人による共栄圏を確立する、自存自衛の大東亜戦争であると宣言した。

緒戦は日本の連戦連勝だった。


ハワイ・真珠湾に集結していたアメリカ太平洋艦隊の主力艦を壊滅した。

イギリス海軍が不沈戦艦と宣言したプリンス・オブ・ウェールズ、レパルスを撃沈した。

極東の要塞と豪語したシンガポールを占領した。

十二月八日の奇襲攻撃からわずか二ヵ月と一寸《ちょっと》で、これらの戦果を挙げたのである。

これは、その頃の物語《フィクション》である。

1

舟木貞子が省線御徒町駅の改札口を出て、昭和通り方面に歩き出した時だった。目つきの鋭い男が彼女の肩に触れた。

「きみ、ちょっと」

立ち止まった二人を避けて人並が動く。

朝の、まだ早い時間。いつもは通勤者・通学生ばかりの歩道が混雑している。近くにあるMデパートの、シンガポール陥落の戦勝記念大売り出しに、開店前から並ぶ人たちだ。

情報局は、「戦捷勝第一次祝賀行事」の要綱を発表した。初戦の勝利に喜ぶ国民の浮かれ気分を粛正する意味で、細かく指示した。日時まで次のように指定したのである。

「祝賀行事はシンガポール入城式の日（二月十八日）に行い、日没までにおわること」

この祝いに、国は、配給制で自由に買えなくなった酒、菓子を、特別配給した。南洋からの戦利記念品だと、ゴム靴、タイヤ、ゴムまりなどが特配された。

十八日の「戦捷第一次祝賀国民大会」は、宮城《きゅうじょう》（皇居）前の広場が、集まった国民と日の丸の旗で埋まった。

陸軍軍楽隊を中心に、大日本吹奏楽連盟など十八団体・五千人が、目抜き通りを「シ港陥落・勝利」と大書したプラカードを掲げ「愛国行進曲」を演奏しながら行進した。

白馬にまたがった天皇陛下が宮城の二重橋上に現れ、雀躍《じゃくやく》する国民を眺望（天覧といった）された。新聞は、その写真を掲載した。「本紙は丁寧に扱うこと」と注意書きを添えて。

英国が難攻不落と豪語したシンガポールを、日本が占領したのだ。国民は、この戦争の勝利を信じた。

文化人たちもはしゃいだ。

小林秀雄、恒藤《つねとう》恭、谷崎潤一郎、志賀直哉、北原白秋、高村光太郎、斎藤茂吉、高浜虚子《きょし》、石原純、仁科芳雄、村岡花子、壺井栄、津村秀夫などが、こぞって賛歌、祝辞を発表した。

映画制作会社は、傘下のスター俳優を総動員して、「戦争推進債券」売り出しなどの祝勝事業に参加した。

天皇陛下は歓喜する国民を眺望されただけではない。南方方面陸軍最高指揮官と連合艦隊指令長官に「炎熱に耐え、良くシンガポールを攻略した。朕深く嘉尚する」といった勅語を贈られた。

高村光太郎は「シンガポールが落ちた、残虐の世界制覇をついに破った」と陥落を祝す詩を発表した。

室生犀星は「皇軍向かうところ敵なし進撃また進撃」とシンガポール陥落を歌い、詩の世界に「国のためなら命を捨ててもよい」と云う詩がいっぱい書かれた、と書いた。それらの愛国詩を山田耕筰、古関裕而などが作曲しＮＨＫで全国放送した。

谷崎潤一郎は「私は、今や無敵皇軍がシンガポールを陥れたと云う快報を先ず耳にして何よりも心にしみじみと感じるのは、我が日本帝国の成長と云うことである」と書き出す長文を、『文藝』の十七年三月号に寄稿した。

志賀直哉は「日米会談で遠いところを飛行機で急行した来栖大使の到着を待たず、大統領が七面鳥を喰いに田舎に出かけると云う記事を読み、その無礼に業を煮やしたのはつい此間のことだ」と谷崎と同じ号の『文藝』に発表した。

文化人のこのような言動を集めたら、それだけで厚い本になる。


「舟木貞子さんだね」

男は懐中から黒い手帳のようなものを出して、ちらっと彼女に見せた。

金箔の警視庁マークが見えた。

貞子はドキドキした。

「何でしょうか」

「ちょっと聞きたいことがあるので、そこまで付き合ってもらう」

横柄な口調で男が云った。四、五十代だろうか、きれいな髭の剃り跡だ。

男は、ついてくるのが当り前のような歩調で先になり、後ろを確認もせず歩き出した。

着物姿の婦人がぶつかりそうになりながら顔をしかめて歩き去る。

昭和通りと春日通りの交差点にある交番の前に来た。

椅子にかけて通行人を見ていた警官が、サッと立ち上がって男に敬礼をした。

顔見知りなんだわ。上司だろうか。

貞子は何が何だかわからない。

男の姿には見覚えがある。よく朝の駅で見かけた……私鉄京成線青砥駅。

今朝も、彼女の乗る車両に同乗していた。

貞子はいつものように、後尾車の中央口に乗った。

男は同じ車両の後尾口に乗った。時間が早いから慎一さんはいない。


いつからそうなったのかは判らない。

私鉄京成電車は、普通、二両連結で運行している。乗降口は一車両に三ヵ所ある。三つの乗降口は、電車の進行方向によって、それぞれ、前の乗降口、中央口、後尾口といった。

毎日、電車で通勤する者は、大半が、後ろの車両の中央口に集中した。

そして、電車通学の学生等は、男の高校生や中学生たちが後尾口、女学生たちは、中央口に別れて乗車した。二両の先頭車両に乗る電車通学生は、主に上野周辺の学校に通学する生徒たち。みんな終点まで乗るのだ。これは毎日、電車を利用する者や学生の、ある種の習慣であった。

利用客の知恵だろうか。

電車はラッシュ時だけ三両連結になることもあったが……。日暮里駅で他の電車に乗り換える場合、後部車両の中央口が、ちょうど乗り換え階段に近い。次に近いのが後尾口だった。前の口は、日暮里駅の改札口に近いから、ここで乗降する客で混雑する。通勤、通学する人にとって、乗降客の動きは時間に関係する。乗り換えに手間取れば遅刻につながるのだ。


貞子は、毎朝七時に自宅を出る。

今朝は、打ち合わせがあるので、いつもより十五分、早く家を出た。朝の十五分は昼間の三十分に近い貴重な時間である。

いつもと乗客の顔ぶれが違っていた。車両も空いていた。だから男に気づいた。青砥から、ここまで尾行して来たのだろうか。気づかなかった。


京成線の上野駅は地下にある。省線上野駅や広小路の地上に出るまで、陰気な匂いがする地下通路を歩く。京成線を利用して市心の学校へ通学する生徒たちは（東京が市から都になったのは一九四三年七月一日から）、それを嫌って、京成日暮里駅で乗り換えた。

貞子は御徒町駅まで省線の電車を利用し、そこから徒歩で佐竹高女に通学していた。

明治二十三（一八九〇）年に創立した佐竹高等女学校は、浅草区の佐竹商店街の角にある。

彼女のドキドキはおさまらない。

二人のことだろうか。それは親友の節子が知っているだけ。親や兄姉にも秘密のことであった。

2

貞子は、毎朝、洗面所の鏡を見ながら考えた。声を出さず口にする。

あすかがは淵は瀬になる世なりとも思い染めてん人はわすれじ
想えどもしるしもなしと知るものをいかでここだくわが恋いわたる

そして、悲しくなる。

どうしてこんな私になったのだろうか。

大人の女になることは、自分だけの秘密を持つこと。成長は秘め事を増やすことなのか。

人は秘め事を持つと、なぜ心が重くなるのだろう。

遠い南の国で、人間同士が殺しあっている時局に、わたしの秘めた想いは、いけないことだろうか。


彼女の気持ちを煽るように風が吹きすぎた。

二月中旬、まだ冷たい冬の風だ。

プリーツスカートが風をはらむ。

祝賀日だから、クリーニング屋さんから戻ったばかりの制服に着かえている。

また少し大きくなったのか、バストのあたりがきつかった。それともきついのは、胸の鼓動のせいだろうか。

「かけなさい。時間は取らない」

先に椅子に腰を下ろした男が、彼女にも椅子をすすめた。

慌てた警官が、お茶の用意をしようとした。

「すぐ済むから何も構わなくていい……」男の鷹揚な口調。「……席を外してくれ」

「松島慎一とはどういう関係ですか」

いきなり名前を云われた。

松島。やはり……。注意していたのに……。分かったのだろうか。

3

ひょんなことから彼のことが気になり、松島慎一と名前を知った。最初は、それだけだった。

朝の通学電車でときどき見かけるバンカラの大山原中学校の生徒。

彼は周囲の喧騒も気にせず、読書していた。学帽はツバがつぶれ、半分裂けている。

「関係と云われましても、名前を知っているだけで……」

貞子は、隠し通すと決めている。

「陸軍指定の舟木鉄工所。社長は舟木鉄太郎、父親ですね」

今度は父の名前だ。どんな話になるのだろう。

「はい。父が何か？」

「舟木貞子・次女。府立佐竹高女三年生。姉と兄の五人家族。女中を入れると六人。兄は第一高校生（旧制一高）。姉は鈴蘭女学校生。みな二年違い……名門校の学生、兄妹そろって秀才だね。しかし、これはあなたの家庭とは全く関係ない話だ。こうして質問されていることは、だれにも話していない」

男は貞子を見つめながら、すらすらと話した。彼女の質問には答えていない。

わたしの身上調査は済んでいるのだ。慎一さんや父が、何かいけないことをしたのだろうか。思い当たらない。

歯科医院の長男・谷山裕君に、虫歯の治療のことを聞いた時、さりげなく、あの中学生のことを訊ねたことはある。それで名前がわかった。

それが間違いだったのだろうか。

谷山君は小学校の同級生。私立開成中学校に進学した。住まいは彼女と同じ町内にあるから、会うと、ときどき立ち話する。話し好きの、制服をきちんと着た典型的な私立中学生だ。

「あの方が大山原中学の学生で、名前が松島慎一だということくらいしか知りません」

「名前は知っているが、付き合ってはいない？」

調べればすぐにわかることだ。

ここは演技して、巧くやらなければ……。女の本能が生む業だ。

「よく通学電車で見かけるんです。好きなタイプだったので気になり……」

いたずらを見つかった子どものように、もじもじと下を向く。

「名前は知っているが、話したことはない。それだけ？」

「……」

「まあ、年頃の娘が男の子に興味を持つのは仕方ないが、あまり褒められることじゃないね」と云った。

掲示板の横にある時計は八時六分。これじゃ遅刻する。今日は一時限がシンガポール陥落祝いの生徒集会だ。開始時間は、いつもよりは遅い九時である。昨日、今朝は八時十分頃に登校すると約束した。わたしが代表で防人の歌を三首、朗誦するのだ。遅いので、節子さんたち慌てているだろうか……。

八角形の壁時計をもう一度、見た。

彼女の目の動きを読んだのか、男は早口で云った。

「あんたの朗誦時間に間に合うよう、車で送るから、松島とのいきさつを正直に話してみないかな」

朗誦時間と云った！　わたしの今日の行動を知っている。学校の調査は済んでいるのだろう。祝賀会のことは、三日前に決まっている。

男は煙草をくわえ、火を付けながら彼女を見つめた。

貞子は、恥ずかしそうに真っ赤な顔をしてうつむいていた。

利発そうな顔の女学生。男の目から疑いの眼光は消えていた。

「話せと云われても、名前を知っているだけで……」

呼吸を止めて、ますます顔を赤くする。

「おかしな話だね。名前は知っているが話したことはないの？」

「はい。お父さんが歯医者の、小学校の同級生から名前を教えてもらって」

「青砥三丁目の谷山歯科医院？」

「そうです。その歯医者さんに中学生の作家が通院していると」

「有名になった学生作家か……」

4

彼のことが気になりだしたのは、佐竹高女に入学して、電車通学をするようになってからだ。二年前である。

学友の大槻節子が、小学校の先輩・小沼博史が手配してくれたから、大山原中学の学芸祭に行こうよ、と貞子を誘った。昭和十六（一九四一）年六月初旬の、すっかり通学に慣れた頃の土曜日。下校しようとしていた午後のことだ。

その学芸祭は明日が最終日だ。

小沼博史は、大山原中学校に在学していて、文学部に所属していた。今日は、同校の文学部が主催する中学校機関誌の合評会がある。近隣の学校が参加する公開合評会。篠崎高女や忍丘高女の文学部、うちの部も招待されていた。開成、本郷、早稲田中学の文学部も出席する。

大山原中学校友会の文学部は『渦』という機関誌を発行していた。

公開合評会は、他校の文学活動がうかがえる人気行事である。

「あなたの好きな『シルフィード』の作者に会えるわよ。どう、行かない？」

関心あるでしょう。わかっているわ、といった表情で誘われた。

同校の文学部は校外活動に、市内近隣の中学校や女学校の文学部と機関誌の交換をしていた。どのような経緯があったのか知らないが、逗子や鎌倉の学校からも機関誌が送られてきていた。

それらの学校との公開合評会は、男女交際にうるさい時代だが、各学校も承認しているサークル活動であった。下町の学校だからだろうか。伝統ある合評会だからか。

佐竹高女、忍丘高女、篠崎高女にも文学部があり（篠崎は文芸部といった）、機関誌交換のサークルに入っている。

女流詩人・高峰みちは佐竹高女の出身者。与謝野晶子が嘱目《しょくもく》した相葉房子も卒業生だ。彼女は、二十一歳の夏、多摩川で入水自殺した。その動機は諸説あったが、解明されなかった。俳人・須川蘭子は忍丘高女の卒業生。私立の開成や本郷の男子中学校も、著名な芸術家、文学者を輩出している。それらの人たちには合評会出席の経歴があった。

無名だったころの、羽仁《はに》もと子、石垣綾子、田村俊子なども合評会に参加していた。早稲田中学の文学部は、その頃、特に著名だった。

佐竹高等女学校は進学校として有名だった。といっても、戦前の大学は男子のみの七つの帝国大学があるだけ。東京女子大学や早稲田大学は、大学と称しても帝国大学とは別扱の学校だった。例外は、東北帝大が唯一、女子の入学を認めた。同校の総長は女子の教育に理解があったのだ。

女性に学問は不要という時代だった。勉学する女子の進学先は、東京女子高等師範学校、いわゆる女高師（現お茶の水女子大）だった。学制も、私立学校は別で、公立の小学校は六年間、男女同学だったが、それから先は、男子が中学校四〜五年、女子が高等女学校五年と、男女別学になった。中学校が四〜五年制なのは、飛び学級が認められていて、四年生で卒業する生徒がいたからだ。

教育内容も異なったから、語学など男女の学力差は大きかった。東京や京都に住む女子は、目の前にある東京帝大や京都帝大に入学できない変な時代があったのだ。性別の教育観は、ハーバード大学など、外国でも存在した。

高峰みちが所属した佐竹高女文学部の機関誌『白百合』は『早稲田文学』とともに、斯界では刮目されていた。

昨年、商業文芸誌『文藝界』が選出した恒例の優秀学生詩人として、全国の中学生・女学生から選ばれた三名の中に大槻節子がいた。そして、彼女の「レコード針」が発表された。この時の選者は詩人の三好達治である。

レコード針　　大槻節子（東京・佐竹高等女学校・『白百合』所収）

何のためかは問題でなかった　目の前にはちょっぴりしか開かれていない

大きな門が立ちはだかっていたし　まわりは「三位一体」という押しあい
ひしめきあいだけで　タンポポもツクシも　門の向こう側のことだった
とにかく　選ばれなければならなかった

指先でこづかれ
スタートに立ち
決められた速さで
決められている方角へ
戻ることも
逸れることも許されず
決まっている掛け声を
向き合った姿勢で叫び
石と砂の細い路を
上り下りした
日を重ねるたびに

自己を売り削りながら
あげくの果て
音もなく渦巻の中へ……
ああ、青春という音楽の旋律で
ひたすら走る
レコード針の眩暈

（『三位一体』は受験参考書のシリーズ名）

5

松島慎一の在校する中学校は、進学校であった。第一高等学校（旧制）の合格者数は不動の全国一位である。第一高校の付属中学校みたいだった。

同校の校歌は一高の寮歌「嗚呼玉杯」に似ている。上級生は弊衣破帽・高下駄の、バンカラ一高生を模倣した。

若いころ、貞子の母・真弓は町会の歌留多大会で四年連続して優勝した。歌留多大会は下町恒例の催しだ。

その影響だろうか。貞子は和歌が好きだった。『万葉集』『古今和歌集』『新古今和歌集』などの有名な歌は、ほとんど知っていた。暗唱していただけではない。歌の背後の消息や機微までも、彼女なりに理解した早熟な少女だった。

文学少女憧れの佐竹高女に合格して、希望者の少なくなっている校友会文学部に入った。文学志向などは蒲柳《ほりゅう》な輩の進路だと、時流は武芸に動いていた。女学校も同じで、薙刀《なぎなた》部や空手《からて》部は、入部希望者が多く、面接テストを実施していた。

そんな状況の文学部で大槻節子を知った。

節子は、幼馴染の小沼博史が購読している受験雑誌『星霜時代』の読者投稿欄の常連だった。選者は創作が川端康成、詩は室生犀星、俳句が金子兜太《とうた》、和歌は石原純と、錚々たる人物が担当していた。

文学少女の彼女は、入谷一丁目の老舗酒問屋「駒屋」の長女である。「駒屋」が吉原の「角海老」を運営していることはあまり知られていない。長男は三田義塾の理財科生。卒業すれば六代目の社長になる。

小沼博史は龍泉町に近い、同じ町の二丁目、格式高い酒屋「龍の屋」の長男。

卸問屋と小売店の関係から、親同士が昔から付き合っている。

博史と節子は入谷小学校の同窓生。

樋口一葉の再来かと騒がれた節子は佐竹高女、博史は大山原中学校に進学した。彼は第一高等学校志願だった。

博坊、節ちゃんと呼び合う関係で、いずれ夫婦になることは親たちの約束だった。


まもなく冬休みになるという二学期末のある日。

節子が冊子を持ってきて貞子に差し出した。

表紙の中央に大きく「渦」と青色で印刷してある。大山原中学校の文学部機関誌だ。

「これ読んで、感想を聞かせてよ」

「赤い少女・松島慎一」とあるページ。見ると題名の「赤い少女」には、「シルフィード」とルビがある。

シルフィードとは風の妖精を表す言葉だ。「白鳥の湖」とともに代表的なバレエ。ショパンの「レ・シルフィード」は知っていた。風の精だから抱擁しようとしても消えてしまう。貞子の知識はそこまでだ。実演のバレエなど観る機会はなかった。

作者は「赤い少女」に「シルフィード」とルビを振っている。ひそかに慕う少女を、外国の名称で表記しているのだ。主人公の学生は、ドガの画集を抱えてアルデンヌの森と云われた樹林を彷徨《さまよ》う。作者が、そこに何を意図しているのかは不明だったが、一読して驚いた。中学生の作品とは思えない見事な文章。毎朝同じ電車に乗り合わせる女学生を描写しているところには、びっくりした。貞子は、その女学生のモデルが自分だ、などと考えもしない。

「よい作品ね」

「作者は四年生の秀才。早稲田の文科を希望しているのだそうよ。あなたと同じ青砥だって。知らない？」

青砥に住んでいる学生？　思い当たる人物はいない。誰だろう。

「じゃあ、この赤い電車というのは京成電車のことかしら。鷹戸《おうと》駅の描写は、青砥駅にそっくり。わたしの家は淡之須町ですから青砥のことはあまり知らないけど。学校も、校名が葛飾小学校に変わった本田第三小学校だし、青砥の人たちは、亀青小学校だから……」

「北と南ね。知らないのか」と青砥の地図を思い浮かべながら、節子は期待はずれの表情だ。赤い少女を貞子と重ねていたからだ。

節子の家に、二十五歳で他界した伯父が所蔵していたエドガー・ドガの画集がある。肺病になった伯父は、美術学校（芸術大）の中退生だった。画集は外国の出版書。踊り子を描いたものに交じって「若い女性の肖像」があった。その彼女が、学友の舟木貞子の容貌に、なんとなく似ていた。

「赤い少女」の女性描写は、ドガの女性像にそっくりである。一読して、モデルは貞子さんだと思った。

「これ、文中の詩がよいわね。彗星か……。今日も二つの星がすれ違う、分別の上に限りない共鳴の旋律を、それぞれに落として　振り返ったりしながら人ごみに消えてゆく。夜の目の中に彗星が輝く、死につながる今日のその部分が……」

口ずさんだ貞子は、青砥から通学している中学校の生徒を思い浮かべた。書き出しは、應戸駅の描写からだ――。

葛飾の古い住人たちは、青砥を「おうと」と云っている。

学校や学年はいろいろだが、京成線を利用する青砥駅の大原山中学校の学生は三名だ。葛飾小学校の同級生だった真塩君（彼とは成績を争った）や二学年上の青木君を別にして、四年生といえば、あの方かしら。なんとなく胸がときめいた。

続篇が発表されたかどうか、何度も節子に尋ねたものだ。


彼を意識しだしたのはそれからだ。

素足に高下駄で、いつも本を読んでいる……。

ある時、青砥三丁目の角の本屋さんに行った折、谷山歯科の門を出て高砂橋のほうへ、線路沿いの道を歩き去る姿を、見かけたことがあった。

同級生だった谷山裕君に、虫歯治療にかまけて、それとなく聞いた。そして、彼は学生作家と云われている松島慎一と判明した。

裕君の父親が開業している「谷山歯科医院」は青砥三丁目にある。そこで彼は歯の治療をしていたのだ。

母一人子一人。青砥四丁目で、母親が独りで飲み屋「松」を経営している。町工場や東洋金属の社員たちが常連客だ。住まいは店の奥。

慎一は幻鳥社の新人文学賞に原ヒカルの名で応募した。その「狂った教室」は最優秀作品に選ばれた。作者が中学生と判明して話題になった。

そんな記事を読んだように思うが、名前などは記憶にない。原ヒカル……。

「親知らずが変な方向に生えてきて痛いんだってさ」

裕君はそんなことまで話した。


貞子は「赤い少女」を何回か読み直して、気になるいくつかの表現に気づいた。

女学生が、わたしと同じようなマスコットのキーホルダーをカバンにつけていること。

母から沖縄土産に貰った同じような象牙のシーサー。高価だから紛失してはと、二週間ほどしてカバンからはずしたが……。

小学校の時から髪の毛を三つ編みにしていた。女学生になって朝の時間がせわしくなった。それで時間のかかる髪を、思い切って短く切った。

中学生は「なぜ髪を切ったの?」と「赤い少女」の文中で訊ねている……。

「赤い」にも思い当たることがあった。学校が休みの時、姉や梅子と家の前の道路で、バトミントンをやった。その時の服装は赤いセーターだった。

世の中に、このような偶然は多いだろうかしら。

同じ車両によく乗り合わせる。着ている学生服は、袖の部分が継ぎはぎされていた。

貞子は、母のタンスの中に、兄の中学生時代の服があるのを思い出した。サイズが合うわ、ぴったりだ、と勝手に想像した。

いつも、乗車口のわきに立ち、本を読んでいる。貞子の知らない本が多かった。

一緒の時間は、省線に乗り換える日暮里駅までで、彼はそこから内回りの電車に、彼女は外回りの電車と、別れる。


四日後に夏休みが始まるという水曜日の午後。上級生の薙刀の授業を見学して、いつもより早く下校した日のことだ。

徒歩で上野まで歩いた。聚楽京成ビル横の東叡堂書店に寄り、地下道の短い中央通りビル口から京成上野駅に行った。始発の青砥行き電車に乗る。空いていたので椅子に掛け、『新編方丈記』をカバンから出した。母の書棚から持ち出した本だ。かなり読みこまれている。編者は蓮田善明。

栞を挟んでおいたページから読みだして、見つめられている気配に気づいた。

まわりを見回した。斜め前の席に彼がいて、こちらを見ている。膝の上に開いた本がある。いつ乗ったのだろう。読書していたから、日暮里駅で気がつかなかった。

松島は彼女の本を見つめている。それから目を上げて貞子を見た。

二人の目が合った。

彼は、狼狽したように顔をそらして膝の上の雑誌を閉じた。

それは月遅れの『中央公論』である。

彼女、鴨長明に関心があるのだろうか。巷に土曜も日曜日もない艦隊勤務の歌が流れ、「戦陣訓」が示達された時局に！

艦隊勤務の歌は、「月月火水木金金」という内田栄一の歌だ。兵士には土曜や日曜日はない、と歌っている。

「戦陣訓」は一九四一年一月八日、時の陸軍大臣・東条英機が、陸軍将兵に示達した行政的な「陸訓一号」に過ぎない。

それが歌曲「海行かば」のように悪用された。書かれたのは一九四〇年代で、当時の板垣征四郎陸相が発案者である。示達時期が遅れて東条陸相の時になったが、東条陸相は内容には全く関与していない。

全体の文体を島崎藤村、土井晩翠、佐藤惣之助らが監修した。藤村は湯河原の旅館で一九四〇年に校閲している。「生きて虜囚の辱めを受けず……」の部分が独り歩きして、日本兵士は捕虜になることを嫌った。そんなことで有名だ。まれに見る悪文と評されてもいる。歌も作曲された。

一九七四年の話になるが、あの陸軍少尉・小野田寛郎《ひろお》がフィリピンで投降した時、その歌を口ずさんでいたという。「日本男児と生まれ来て戦の場に立つからは……」。古関裕而の作曲した歌は忘れられた！


松島は、それっきり、もうこちらを見なかった。

読んでいた『新編方丈記』は独特の装丁だから、知っている者は、それが方丈記の本とすぐわかるだろう。

目をそらす瞬間、軽く会釈しなかったか？

貞子は、もう読書に集中できなかった。読みかけていたのは、元暦の大地震（一一八五年）について述べている個所だ。彼女の心音は地震で「あしの立ちどをまどはす」馬どころじゃなかった。

電車は荒川の長い鉄橋を過ぎたから、間もなく菖蒲園駅だろう。川原に、コサギの群れが見える。こうなって欲しかったのでしょう、とささやいているように、コサギは白い羽をひらめかせて飛んでいた。

合評会に彼はいなかった。司会役の学生は「作者が欠席だから、次の作品に移ろう」と云った。早稲田の学生が何か云ったが、彼女は聞いていない。しっかりとノートを握り締めていた。(何か用事があって来られないのだろうか。わたしが来ているのに……)

結局、松島慎一は現れなかった。

それで良かったのだと彼女は納得した。褒めあうだけの合評会だった。

試作の詩十篇を書いたノートを持参して来たけど。

思い切って彼に批評してもらおうとしたノートだ。はしたないと思われるだろうか。

渡せなくてよかったのか……。


読んでもらえる日はないだろうと思っていた詩稿であったが、その後知り合ってから、二人の間を、もう何度も往復した！

さらに作品は増えた。

恵まれた家庭に育ち、苦労もなく生きて来た年若い女性。

大切な彼女の存在の証明であるノート。

6

このような事態になったのは、節子が介在してからだ。このことを知っているのは彼女と、小沼博史だけ。

それはあの合評会があってから、三日後のことだった。

節子が、今度の土曜日にわたしの誕生日祝いをやる。明治屋のケーキを入手したからぜひいらっしゃい、と貞子を招待したのだ。

「親しい友人だけの、ささやかな会よ。あなたが知っている人ばかり。お祝いというほど大げさなものじゃないわよ」節子は笑いながら、そう云った。

貞子はその会で、慎一と知り合った。後で判明したが、計画は彼女と博史の合作。節子のお祝いなどは口実で、貞子を松島に紹介するのが目的だった。

「赤い少女《シルフィード》」は、節子の思ったように、モデルは貞子のようだ。慎一ははっきりと肯定しなかったが、博史の家で彼に会った時、節子は確信した。


二人の計画は大成功だった。

招待されたのは貞子と慎一の二人だけ。

慎一がいたからだろうか、図られたことに貞子は何も云わなかった。

貞子は、節子の配慮がうれしかった。

シュウクリームが節子と博史の頬に付いていると、貞子が笑った。

知り合うことが、こんなに楽しいことだとは！

会は中原中也の作品で盛り上がった。

四人それぞれが、中也の一番好きな作品を選んで感想を云うのだ。早いもの勝ちでダブリは無効と決めた。

「サーカス」「帰郷」「蛙声」の三作品が、候補だった。貞子は「帰郷」を選んだが、本当に好きな作品は「正午」だ。中也には恣意的な言葉が多い。しかし、この作品のオノマトペとも考えられるフレーズには感心した。

「おひるのサイレンでぞろぞろ出てくる月給取り、と云うのはサラリーマンのことでしょうが、面白いわ。どっちにするか迷ったけど」と云う貞子の感想を、慎一は黙って聞いていた。

「松島君は何もあげないけど、中原中也は嫌いなの？」と訊ねた節子に、彼は、ぼそりと云った。

「中也はランボウの翻訳がよいね」

そう云った彼は、高村光太郎が装幀した『山羊の歌』を手に持っていた。ドイツ語もフランス語も読めて、原書を読んでいると、節子から聞いていたが……。

それで話題は小林秀雄と中也の翻訳比較論になり、長谷川泰子の話に発展した。長谷川泰子は女優。小林秀雄を絡めた三角関係は有名。

話題はさらに発展して、泰子の自伝書や中也の「盲目の秋」にまで触れた。

久しぶりに四等分した大きい明治屋のケーキを食べた。ケーキなど、「角海老」のコネがなければ入手できなかったから。

中学生と女学生が、家族でないのに連れ立って歩いたりしたら、たちまち補導される時代である。

その日の帰途、二人は、上野駅まで歩いた。節子の家からは、鶯谷駅が近かったが、慎一は、京成の上野駅まで歩いたのだ。貞子も黙って後を歩いた。意識してゆっくりと歩いた。暗黙の了解。時間なんて止まってしまえばよいと思っていた。

始発の青砥行きは三番ホームに待機していた。発車は二番線の津田沼行と一番線の成田行が出た後だ。

車両には誰も乗っていない。怪しまれず、いっぱい話ができた。ノートを渡した。

貞子は、モダニズムの詩と評されている村野四郎の『体操詩集』が好きだった。ノートには、その詩集に影響された作品が二十五篇ある。なかでも「赤い絵具」「雌鶏」は自信作だ。彼は何と批評するだろうか。貞子の心は弾んでいた。

赤い絵具

わたしは病床で
薄くなった両手の血管を眺めている
過ぎ去った日々を考えながら

わたしの生涯は　ひとつの絵具みたいなものか
容赦なくわたしを絞り出した
あの指は何であったろう

描かれた絵の中で
わたしは何であるのか

窓から見える梢から
紅葉が木枯らしに
急き立てられる身振りで
凋落《ちょうらく》してゆく

雌鶏

わたしが散歩すると風景が騒ぎだす
嘴《くちばし》で食い散らすからだ
わたしは知っている
風景に愛されていないことを
だが　それをわたしはどうすることもできない
いろいろな不安がからだの中で　波立っている
立ち止まって頭を揺さぶる

感じないか
川のように地面が流れている
よろめきそうだ
堪えながら
わたしは夫をながめる
主人はワイセツな羽根布団のようだ
慌てて目を反らし　歩きだす
向日葵もダリアも
背を向けて咲いている
愛されていないことを
知っているのはたまらない
知っていてどうすることもできないのは
さらにやりきれない
水たまりを見ると
みじめな姿がさかさまに映っている

にわかにわたしは身内の波の高鳴りを恐れて
奇妙な足つきで奔《はし》りだす

「よい作品ばかりだね。今夜、ゆっくり読ませてもらうよ。明日の日曜日、天気はよいようだ。予定あります？　中川の、青砥駅の喧騒が風に乗って聞こえたりする、気に入りの場所。対岸に三番叟《さんばそう》の看板が見える草原《くさっぱら》。そこで十一時頃、ぼんやりしています。感想を書きましょう。来れる？」

「わかりました。犬の散歩がありますから大丈夫です」

「これでも読んでてください。短編ですが興味引くかな。同じような東叡堂の包装紙で、このノートは包んでおきますから、その時交換しましょう」

渡されたのは包装紙でカバーされた『文学界・名作短編集』。今月出たばかりの新刊書だった。

向かい合った座席に斜めに座って、話した。

ああ、この時間がずっと続けばいいのに……。

動き出した電車は、あっという間に青砥駅に着いた。

黙礼して別れた。

飛行機の車輪を生産している、大日本機械会社の煙突の上で、奇麗に染まった夕焼雲が動いていた。

明日も天気だろう。

7

二人の周囲は、監視の鋭い眼差しでいっぱいである。叱責の目がないところなどなかった。若すぎる二人は、気づかなかったが、それらの眼差しの先には、生と死の二択の、戦争の牙が大きな口を開けて待ち構えていた。

昭和十六年十二月八日。日本は支那と戦争していたが、この日から米英蘭とも戦争を始めた。

だが、人間が人間を殺しあう戦争のことなど、若い二人には遠い世界のことだと思っていた。わたしたちには無関係なことだ。

貞子は古今の和歌から、相手の心を思いやるすべを学んだ。だから、真珠湾でアメリカの戦艦を沈めたという報道にも、亡くなった米兵の家族はどんな思いだろうかと、素直に喜べなかった。子どもがいるだろう。妻も、恋人も……。

男女の交際が監視される時代だったから、二人は真摯に注意した。

幸いだったのは、東洋金属の共産党員が一斉検挙され、労働組合が解散したこと。飲食店の「松」や、慎一の周囲から特高刑事の姿が消えたことだ。

東洋金属工員の多田敬一は共産党の党員で、日ごろから監視されていた。飲み屋「松」の常連だった。手荷物を所持していて、それを「松」に預けることがあった。自宅に帰らず、どこかへ出かけるらしい。風呂敷包みを預かった母は、それを慎一の部屋に置いた。まったく無関心だった。

佐藤刑事の目が光ったのは、軍需工場の作業工程が何者かを介して多田に伝わっているらしいと聞いたからであった。多田を監視していて「松」が浮かび、「松」から慎一と貞子の線が出てきた。目立つ容貌の貞子が登場したのは、学生作家の慎一がよく同じ電車に同乗して知り合いらしいこと、貞子の父親の会社が、新たに航空機部品を担当し、それで憲兵隊検査があったことなどからだ。

佐藤刑事は、貞子の線も調べておこうと考えたのだ。

知っている人物は少ないが、慎一の母、松島輝美は日本女子大中退のインテリ女性だった。そこで家政学を学んでいた。本人は、その経歴には無頓着で、飲み屋の女主人で通していた。

細かく調べて、この線は問題ない、と判断した佐藤は、輝美を捜査から除外した。

彼女は、お花茶屋の地主・松島善太郎の二女。当時では遅い二十五歳で、北千住の大地主荒川左衛門の息子と結婚した。

女子大はその時に中退した。女性が進学できる東北帝大を希望して熱心に独学で英語を学んでいた。英和辞書があれば英文童話などは読めた。そんな女学生時代だった。

大学に進学して、英文学を専攻しようという将来は、結婚で不可能な夢になった。

嫁ぎ先は、荒川左衛門の子息。三田大学出の光男といい、左衛門の四男。

彼は荒川コンツェルンの質屋経営を任されていた。

輝美と結婚したころ、向島の池田組幹事と債権の取引問題が発生した。

その始末に出かけた光男は、日本堤の路上で刺殺された。懐に池田組幹事の、青砥の家の譲渡書と権利書があった。池田組の絡んだ事件だと噂されたが、事件は曖昧のまま犯人も挙がらず処理された。

池田組は江戸時代からの大組織だ。関東一円が組の縄張りである。幹事を名乗る男は一番頭《かしら》から五番頭まで、五人いた。青砥の家は三番頭の妾宅だった。それぞれの頭には傘下に、命知らずの若者が大勢いた。相見互い。いろいろなことがあったのだ。

荒川左衛門は七十歳。北千住地区の地主であり、伝来の三つの蔵の一つには、日乃出町や旭町の神輿を収蔵している。キューバにデパートを持っていた。

悠々自適な暮らしの左衛門は、等身大のビーナス像が飾ってある洋間で、いつもスペイン語の新聞を読んでいた。細い葉巻をくわえて……。

独身だったころは、キューバで荒川コンツェルンの経営を勉強していたのだ。

金持ちがケチなのは当たり前のことだが、荒川家は吝嗇《りんしょく》の血筋だった。

後家になった輝美は不要な存在になった。面倒な池田組の絡む権利書を、特別なことだと称して輝美名義にし、それを付けて彼女を実家に戻した。

出戻ってきた輝美は、長男夫婦から邪魔者扱いされた。慎一が産まれたのは、光男が殺害された事件の年だった。妊娠していたのだ。

8

「……話したことはありません」と貞子はとっさに答えていた。

じっと貞子の様子を観察していた男は、「彼は危険人物と交際しているようだ。母子家庭の飲み屋の倅《せがれ》。舟木社長のお嬢さんとは階層が違う。特に付き合ってはいなかったか。そうだろうな。安心した」と云いながら立ちあがって、初めて笑顔になった。

貞子のことを気に入ったようだった。

「こんな時勢でなかったら、二人は知り合い、結ばれる……、小説のような話だが、しかしだね、物語と現実は違う。世間はきびしい。人生は何よりも格式が大事だよ。親の云うことに従って、それを守ること」

自分の娘に諭すような口調だ。

時刻は二十六分。間違いなく遅刻である。

男は奥の部屋で、どこかへ電話した。

「時間をかけてすまなかったね。車を手配したから学校まで乗ってゆきなさい。黒門町にいるからすぐ来るよ」

完全に父親の口調だ。

そう云っている間に黒い乗用車が交番の前に停車した。

男は運転の巡査に、彼女を佐竹高女まで送るように命じて、忙しそうに駅のほうへ歩み去った。


「結構です」と辞退する貞子を乗せて、車は学校へ向かった。

早朝だからか、まだ開店していない店ばかりで、道路は空いている。

「佐藤刑事とはご親戚ですか」

運転しながら、人の良さそうな眼差しの警官が訊ねた。

「佐藤さんとおっしゃるのですか。親戚じゃないです。どういう方？」

「優秀な特高刑事ですよ……」

喋りすぎると思ったのだろうか。警官は黙ってしまった。

車は、あっという間に校門前に到着した。

節子と二人の学友が、心配顔をして道路を見張っていた。

戦時下の日本に存在した秘密警察を特高警察といった。特別高等警察が正式な名称。思想犯取り締まりなど治安関係が主な業務だ。そこに勤務する警官は、検事のように被疑者の拘留権をもっていた。世間から「特高刑事」と恐れられた。

二人の問題は、うるさい周囲の目から逃れることだ。どうしたらお互いに連絡しあえるだろうか。よい手段は見つからなかった。毎日会いたかった。ずっとおしゃべりしていたかったのに。

9

日曜日は好天だった。昨夜、遅くまで短編集を読んだが、早く目覚めた。両親も姉もまだ休んでいる。兄は、このところずっと学校の寮だ。

早起きした貞子を見て梅ちゃんはびっくりした。

「お嬢さん早起きですね。お出かけするのですか」

「別に出かける用はないわ。早く目が覚めちゃったのよ。クータンと散歩でもしてこようかしら」

「朝食はどうします？　用意はできていますよ」

「ミルクを戴こうかしら。朝食は皆と一緒にするわ」

クータンは犬の名前で、兄が名付け親だ。

近代オリンピックの創設者でフランスの教育者クーベルタン男爵の名前が由来だ。犬の名前は、正しくはクーベルタンだが、いつの間にか、クータンになった。

男爵は「オリンピックは勝つことでなく、参加することに意義がある」の名言を残した。

四歳の柴犬クータンは、貞子になついている。梅ちゃんの代わりに、よく散歩に連れ出すからだろうか。庭に現れた貞子を見て、喜んで跳ねまわった。

奥戸橋を渡り、左折して、中川の土手を高砂橋のほうへ歩いた。クータンは、初めてのコースなのか、あちこち嗅ぎまわりながら、つなをいっぱいに引っ張って走り回った。三番叟の対岸と云ったからこのあたりだろうか。イヌフグリが群生している草むらがあった。小さな青色の花が、いっぱい咲いている。慎一の姿はなかった。

リードの先端のナスカンをしっかり締めて、腰を下ろした。クータンもそれを真似て、貞子の脇に寝そべった。利発な犬というか、しつけてあるというか。貞子が立ち上がってつなを引っ張るまで、その姿勢でおとなしくしている。

持参した『短編集』を開いて、再読した。十篇収録している。秋声、森田京平、田村俊子などと並んで、慎一の「枯れた季節」がある。盆栽に取りつかれた男の話だ。知らない世界の話だが、面白く書かれている。

今年は、三月になっても寒かったが、四月からは暖かくなった。陽だまりで休んでいると眠くなるような風が身体を包む。貞子は、開いた本の上に顔を伏せて、眠ってしまった。

ポンポンという音に、ハッと目がさめた。

目前を三艘の蒸気船が通過している。川上にある埼玉県の日立工場から荷物を運ぶ船だ。貞子は知らないが、軍の兵器部品を東京湾の輸送船まで運搬しているのだ。先頭の船には三人の人影が見える。軍人と制服の警官だ。

軍人の一人はカメラを首から下げている。憲兵だ。見張っていて、土手で船を見ている人物を撮影している。

「お目覚めかな」

二メートルほど先の草むらに足を投げ出して座っている慎一が、笑顔でこちらを見ていた。

クータンは丸くなって寝こんでいる。

「あら、嫌。気持ちよく眠ってしまった。何時かしら」

腕時計は持参していない。

「よく眠っていたから、寝顔をじっくり見させてもらったよ」

「意地悪ね。起こしてくれたらよいのに」

クータンが起き上がって、体をぐっと伸ばした。そして貞子の手を舐めた。

前置きもなく彼は、いろいろ話し始めた。時間に急かされている人のように。

「日本には四つの季節があり、それぞれに好きな人がいるけど、僕は夏かな。一番人間らしい季節だと思う。あなたは春？」

「春は好きだけど、一番好きな季節は、そうねえ……」

そして話題はノートに移った。

「最初の『歌』『萬年筆』『ゴムまり』など、あなたの特徴が出ていてよい作品だね。『絶壁』や『信号灯』は題名がよい。『エレベーターガール』の、『花を失った枝のような顔が再び閉まる鎧戸の陰に……』。これはすごい表現だね、感心した。『ローソク』は――」

そこで彼は黙ってしまった。土手の上を、男が通った。立ち止まって煙草に火をつけている。煙を吐き出しながら立ち去った。男が現われてから、それが合図だったかのように、通行人が多くなった。土手の道は、細田町の人たちの、立石へ行く通路だったから。

慎一は目立たないように彼女のノートを差し出し、『短編集』を受け取った。ズボンに付いた草を叩き落とし、振り返りもしないで去ってゆく。その仕草は、さて休憩時間は終わり、仕事に戻るか、としか見えない。貞子は、そんな関係を寂しく考えた。

貞子のノートは、東叡堂の包装紙で丁寧にカバーしてある。手紙が挟んであった。貞子も手紙を『短編集』に挟んである。若い二人が、真摯に考えた、会話できなかったときの交信方法だった。


逢い見ての後の心に比ぶれば昔はものを思わざりけり

そんな歌が浮かんだ。作者は男性だが、この思いに男女差はないだろう。それから貞子は、女性が歌った

夕去れば物思い増さる見る人の言問う姿面影として

と静かに口ずさんだ。

その夜、彼女は「影」という詩を書いた。

影

それは　止めろと叫んで

明るい方へ近づこうとする
わたしを
背後から引っ張った

わたしに付きまとって
伸びたり縮んだりした

ある日わたしは
それを無視して
明るい方に近づいた
そして　昂揚した
深い歓喜の歌を叫んだ
世界は花盛りだ

時間は残酷である

貞子と慎一と昭和十七年の春のこと

いつしか
太陽は頭上から
西の地平に傾いている

容赦なく
別れの時が現れた

落日を背に
家路をたどる
まだ動悸している心を抱え
長く伸びるそれを
追いかけながら

家の前で立ち止まり
顔をあげると

それは　足元からはみ出して
　玄関のドアを重くしている

「影」のイメージは膨らんだ。「背後から引っ張った」の次に「なぜ引っ張るの？」と書いたが、やめた。今夜はここまでにしよう。これは長い作品になるだろう。

枕もとの明かりを消し、毛布を引っ張った。

秘密はひそかなもの。心に隠しておくもの。公開するものじゃない。家族にも親友にも知らせないものだ。

慎一さんへの愛は真実だ。理由などない。大好きなんだ。本当のことなのに、秘密だ。なぜ、こんなに心苦しいのだろうか。わたしだけの幸福だからだろうか。幸福は、独り占めしてはいけないのか。

梅ちゃんが、何かにつけ、貞子さんは幸せだというのは、どういう意味だろうか。そんなことを考えながら、いつしか眠っていた。

この世の苦労を知らず、親の庇護の下で育った貞子には、簡単に理解できることではなかった。

着飾りも、たいした化粧もせず、飲み屋に専念する母を見て成長した慎一は、生きることの苦労をわきまえてはいた。しかし、若い青年だった。

それぞれ、見る場所は違っても、二人は、ともに今日の美しい夕空を眺めて、胸中の夢を膨らませていた。

あなたの作品、素晴らしいですね。なんだか、なじめる作品ばかりです。博史君に（所有していないので）『体操詩集』をまた借りて読んでみます。『旗魚』は十五冊あるそうですが、あなたの所持している何冊か、見たことないので、いずれ借りたいです。

文学は、愛を求めるものだと思います。愛は男女間のことじゃありません。人間の生きている証明のことです。わたしは、そう考えています。わたしの作品は、愛を求めています。で、結論は？　と聞かれたら、まだわからないとしか答えられません。現時点での、不確かな回答は、もちろんありますが、それは不確実なものです。

『電車』。これは着眼が奇抜ですが、どうなったのでしょうか。

……

ゴミ箱の紙くずのように
車内に
もう列に押しこまれているもの
あれは一体　人間なのか？
ほんとに　このごろ
何をしているのか
わたしには良くわからない

こうして　電車は
駅にとまらないで疾走する
唖然の姿勢をした駅員や来客の目前を

長い詩『電車』の後半ですが、電車や運転士が何の暗喩なのかは読者に伝わっても、疾走してどうなったのか。大きな音を出して破壊したのか、どこかへ消失したのか、この点がはっきりしません。読者の想像に委ねるのでしょうか。

うまく表現できませんが、愛が希薄です。消失したのなら、そこには愛がありませんね。読者は絶望するだけです。それが詩でしょうか？　どうもよい表現が思いつきませんが、僕の云っている意味がわかりますか？　詩集として発表するのなら、やはり、そこに読者と共通する、いや共有する愛がほしいです。そうでないなら詩集の意味がないでしょう。

馬

ふりかえってはいけない時に　ふりかえって
この目は　何を見たのだろうか
大きく開いている
以来　この目には形象が
実物より大きく見えるらしい
今日も鞭で打たれ

鼻孔から白い恐怖を吐きながら
すっ飛んで行く
風景の外へ

この作品も同じです。馬の暗喩はわかりますが、風景の外に何があるのか、あったのか、判然としていない。やはり愛が希薄なんです。

うまく云えないが、わかりますか。

10

輝美の家人たちは、輝美を歓迎しなかった。出戻りと云って白眼視した。慎一が産まれると、同居に賛成しなかった。父は空き家のままだった青砥四丁目の家に、親子を住まわせた。

輝美の家族は、それぞれ結婚して家を出た。雇い人は別として、お花茶屋の大きな屋敷に住む者は、両親と兄夫婦だけになった。両親は寂しくなったから、一緒に住もうと誘った。

しかし、輝美は青砥の家から動かなかった。

両親は、成長する孫のことを心配した。

父が高血圧で他界したのは、慎一が幼稚園に通っていた五歳の秋だった。生前、九段北の一口坂にいた顧問弁護士と相談して、私財の一部を輝美親子に遺贈する遺言書を作成していた。

その受け取りを親子は放棄した。

「わたしは荒川に嫁いだ時、松島の娘として、十分なことをしてもらった。再び松島に戻ったとはいえ、もう親の面倒は結構です。いっさい放棄します」

祖母は、慎一名義の郵便貯金通帳を、印鑑と一緒に、黙って差し出した。

「これは受け取ってよ。孫に遺るんだから」

輝美は喜んで受け取った。

彼女が実家の助けを受けたのは、住まいの一部を、飲み屋に改造した時だけだ。

両親は慎一を可愛がった。父は「この子は頭のよい子だ」と口癖のように話した。長男の子・安太郎と比較していたのだ。いっしょに暮らしている安太郎より、たまに顔を見せる慎一を可愛がった。

二人の孫は、安太郎が一年歳上だった。しかし、会話も歩行も、慎一の方が先だった。内孫は、シンイチちゃんとはっきり云えなかった。シーちゃんだった。慎一は安太郎ちゃんとはっきり呼んだ。兄嫁は、そのせいだけじゃないだろうが、輝美とはウマが合わなかった。わが子が慎一と遊ぶのを歓迎しなかった。

父が、二人の孫の相手をしている時のことだ。「こらっ、赤んぼ」と二人に声をかけた。孫らは新聞に落書をしていた。注意された二人は、すぐ落書きをやめた。

しばらく考えていた慎一が「じじんぽ、紙ちょうだい」と云った。普段は「じじ」と呼んでいたのである。父は感心して、「何か考えているな、と思ったら、じじんぽだ」と、たびたび、その話をした。

母は、二人によく昔話を語った。慎一はそれが大好きだった。「おむすびころりん」を繰り返し聞いて、すっかり覚えていた。

学齢になって亀青尋常高等小学校に入学した。学業成績が良く、神童と云われた。それを嫉んだ輩からは「父なしっ子」と陰口され、陰湿に差別された。

運動会の駆けっこ（徒競走）では、毎年、一等賞を取った。

紅白の玉入れ競技の時、両手に球を握ったまま走らず、籠を担いでいる生徒が近づくや、素早く籠のなかに投げ入れた。どうして、お友達のように籠に走り寄らず、近くに来るまで動かなかったの、と訊ねたら「追いかけるのは無駄だよ、近ければ入れやすいから」と返答して、輝美を感心させた。

客相手の母の職業を、恥じた時期があった。酔客のみだらな声にも、黙ってつまみなどを差し出している母を見てから、慎一は何も云わなくなった。そのような幼年期・少年期だった。

彼は、貞子の詩才を認めていた。よい詩人になるだろうと期待した。詩集の解説文は、自分が書こう。わたしの推薦なら、出版社も、きっと引き受けてくれるだろう。そんなことを考えながら、あの時、人が来たので中断したまま立ち去った『ローソク』を思い出した。

ローソク

星の中へ
地球が傾斜していく夜

わたしは考える
成長することは
秘密を積み上げていくことだと
積み上げながら死にちかづくことだと

わたしは
広大な宇宙の夜に
たろたろ　とろけていく燃焼
やがて消えるローソクだ

苦渋の風に耐えられず
自分で消えていった人を
身近に感じながら
ああ
燃え尽きる瞬間のために

不安の形に揺れている明るさ

人の生涯を一本のローソクと見ている作品だろう。彼女は、それで何を確認しているのか。どうしようとして悩んでいるのだろうか。他の作品にも云えることだが、人間の生涯を確認するだけの詩なら、つまらない。読者は絶望してしまうだろう。詠嘆を歌うことは、間違いなく詩の一面だろうが、同時に希望も歌い上げるのが詩ではないだろうか。「ゴムまり」にも同じ疑問がある。希望はないのか。

ゴムまり

静止できない球的存在　レマルク

打たれ蹴られ
はげしく転げまわっている
投げ飛ばされ
放られて

樹にぶつかり
岩にたたきつけられ
拒否に跳ね返される
どこへ行っても
拒絶に囲まれて
ダンダン変な形状になる
（バストよ）
ここまで傷みを吹き込まれた
フクラミを
ゴムまりと呼んでも
いいのか

短い作品だが、難解な詩だ。ゴムまりと題しているが作者は何を暗喩しているのだろうか。（バストよ）といきなり括弧付きのフレーズがあるが、言葉の意味は胸像や胸のことだ。洋裁では女性の胸まわりをさす。乳房のことだろうか。何を主張しているのか。このあたりが明瞭でない。傍題にレマルクの文がある。彼は『西部戦線異状なし』『凱旋門』が代表作のドイツの作家だ。戦争に翻弄される作品を書いた作家として忘れられない。傍題のような文が、どの作品からの引用かは知らない。このままでは、クレームが付く作品だろう。

他にも聞きただしたい個所がある。

しかしよい詩集になるだろう。どのような解説を書こうか。

11

貞子は上梓する詩集のことを考えた。慎一さんは出版社を紹介してくれる。費用は考えなくてよいと云っていたが、無名の私の作品を引き受けるところがあるのだろうか。ノートに清書した作品のほかに十篇ほどある。厳選して全部で三十篇にしよう。あとがきは慎一さんの文があるから簡単にして、序文をしっかり書こう。詩人や作家以外に、友人にも献本しよう。

何部くらい売れるだろうか。

いろいろ考えて興奮した。

苦労知らずのお嬢さん育ちだったから、初めての出版について思い浮かぶのは楽しいことばかりだった。


密かに会うようになってまだ日が浅い頃の日曜日。

遅く起床した姉の怜子は、食堂でコーヒーを飲んでいる。

貞子はグリーンのストレッチパンツに紺色のジャケットを着て、出ようとしていた。

「クータンの散歩？　一緒に行こう、ちょっと待ってて」と云いながら、姉が膝に落ちたパン屑を払って立ちあがった。

「よい天気よ、庭で待っているわ」

よろこんで紐を引っ張る犬をしずめながら、これで、今日の会話は駄目か、と残念だった。

彼は姉と一緒の姿を見て理解するだろう。


慎一は、いつもの草むらの上で、読書していた。

「ひと休みしましょう」と彼から離れた草の上に、姉が腰を下ろした。

クータンもおとなしく横になった。

あたり一面に、イヌフグリの小さな花が咲き始めている。

姉は、その花をちぎりながら、匂いを嗅いでいた。

「可愛い花ね。菫の一種かしら、何の花？　あなた知ってる？」

「知らないわ」と答えた。よい名と思ってないから、イヌフグリとは云えなかったのだ。

貞子は、姉の横に来て足を投げ出した。

持参した本をタンポポのわきに置いた。イヌフグリと同じ外来の西洋タンポポだ。

対岸で釣りをしている男が、魚を引き上げている。二十センチほどの魚である。鯉だろうか、フナだろうか。針から外した魚を川に戻し、男は両手を拭きながらしゃがんだ。

そんな男の一連の動作が、ここからよく見えた。岸の上にいた女の子が、何か云っている。

同じ道を戻ることにして奥戸橋に向かったとき、貞子が、慌てたように云った。

「いけない、本を置き忘れたわ。ちょっと待ってて」

彼女は先ほどの草むらへ、走った。

彼が立ち上がって戻るところだった。走ってきた貞子を見て、笑いながら手にしていた本を草の上に置いた。そして高砂橋の方へ歩き出した。

すれ違う時、

「元気な姉さんだね。手紙書いておいた」低い声でソレだけ。

追いついた妹の手に本を見て姉が云った。

「あんた、春でボケたのかな」と笑っている。

気づかれなかった。同じ包装紙のカバーだもん。手品の種なんてこんなものか。

手紙には「下手な歌だが」と断って

会えなくてふさぐ心に吹く風は春の嵐か竜巻か

の歌が、走り書きしてあった。

心理学に錯視の分野がある。対象を誤って知覚する現象を扱うのだ。難しいことは理解できないが、ミュラーリヤー、ホワイト効果、フレイザーの項目は面白いと思った。同じ長さなのに、二本の直線の端に「く」や「〉」を書き加えると長短に見える！

錯視とは違うのだろうが、このごろは慎一さんに似た人とすれ違うと、思わず振りかえってしまうことが多い。

考えるのは彼のことばかりだ。ヘッセに『春の嵐』という小説がある。

このような歌を詠むのだから、彼は当然小説のことを知っているだろう。

貞子は、母の書棚にあった岩波文庫で読んだ。

病気

病院の数字で
わたしは呼ばれるのを待ちながら
一冊の写真集を見ていた
そこには
勇ましい少年兵たちの肉体が

様々に拡大し縮小されて
撮られている
と　あるページで　一瞬
目がくらんだ……
あの人が睨んでいる！
倉皇《そうこう》として本を閉じた
『海軍航空隊の若鷲・裙晴彦名作写真集』

ああ　わたしの思考まで
熱い疾患に齧《かじ》られているのか

「貞子、なにぼんやりとしているの。先ほどから聞いているのよ、お弁当いらないのね。あなた最近変よ。何かあったの」

母が見つめている。梅ちゃんも心配顔だ。

「ごめんなさい。数学の問題のことを考えていて……。今日は給食実習なの。いらないわ」

「悪いとこないのね。おかしな癖よ。会話の時は会話に集中する」

12

貞子と慎一と昭和十七年の春のこと

昭和十七年（一九四二）四月十八日。

暖かな南風が吹き、心が浮かれるような陽気の土曜日。

サクラはあらかた散ってしまい、道路のあちこちに花びらが散らばっている。

晴れた空に雲が二つ浮かんでいる。どちらも薄い雲で、すぐ消えそうだ。

玄関の、生けた卯の花から、よい香りが家中に漂っていた。クータンの散歩の際に、熊野神社の先にある池の端から、梅ちゃんが採ってきて生けた花である。

長年いた女中が十六年の秋に結婚し、舟木の家では、後釜のお手伝いさんを探していた。身許のよい娘は、なかなか見つからなかった。

佐藤梅子は、舟木鉄工の重役が、彼の姪っ子の結婚式で帰郷した時、話をまとめて連れて来た女性だった。気立てのよい娘で、真弓も喜んだ。そして平林家に勤めるようになった。

小学校中退の農家の娘。貞子の姉の怜子と同年だ。

政府は、戦争遂行のため、言論、出版などの取り調べを強化した。自由が極端に制限され始めた。

きな臭い戦争の匂いが漂い、生活は目に見えて窮屈になった。軍備が優先された。生活必需品の生産は制限された。政治家は萎縮し軍人が大手を振って歩いた。


今日、佐竹高女は新入生の歓迎会を開催する。それで授業はない。

貞子は、九時半に家を出た。

「今朝はゆっくりね。歓迎会か……遅くならない？」と母が云った。

「歓迎会が終了したら、続いて校友会の各部が、新入生に部活の入部案内をやるんだって。服装は自由でいいの。ただし、派手でないもの。おそらく、学校が許可する最後の自由服装の登校でしょう。二学期から、モンペ制服通学が強制されると、もっぱらのうわさ」

「贅沢は敵というわけね。嫌な時勢にならなければいいが……」

エプロンを外しながら着物姿の母が、勝手口から見送った。

貞子は灰色のワンピース。二度ほど着ただけだ。

街には同じような服装の女性が多い。だから目立たないだろう。

「国民服令」で国家が国民の服装に介入し始めていた。主に男子が対象だった。女学生のスカートは襞《ひだ》のないことが奨励された。中学生と違い、女学生の服装は、厄介だった。スカートだけがうるさく指示された。新調は自粛しなさい、と云われた。

防空頭巾やモンペが、登校服として強制出現されるのは一九四四年頃からだ。

佐竹女学校は、自主独往の校風から、それほど服装にはうるさくなかった。校則には、抜け道があった。いわゆる「おさがり」は認められたのだ。実際に卒業生から譲ってもらったり、新調のセーラー服を、何回も洗濯して使用すれば良かった。


貞子は、だれにも云っていないが、今日の歓迎会には登校しない。

これから慎一さんに会いに行くのだ。

待ち合わせ場所は大山原中学の近く、同校の文学部仲間が利用する料亭「戸山」。そこのカレーをご馳走になるのだ。配給が厳しくなり廃業する食堂が多くなったが、「戸山」は営業していた。大山原出身の作家や卒業生が常連客という店だ。

今日、二人が会うことを知っているのは節子だけ。その彼女にも時刻や場所は云ってない。兄は、昨日から旅行だ。姉はいつもの時間に学校へ行った。父は、昨夜が遅い帰宅で、まだ休んでいる。二十八篇の詩は原稿用紙に清書した。

「まえがき」を書いた。25×30字で三ページある。収録作品もだいぶ書き直した。慎一さんはどう読むだろうか。愛が希薄だと云われたが、わたしなりに、心の疑問はそのまま、素直に書いたつもりだ。

題名が決まらなかった。いくつか考えたが、しっくりしない。彼に考えてもらおう。わたしの考えたのも含めて……。

わたしたちの大脳には、たくさんの脳細胞がある。それぞれが分業で働きをしている。わたしたちは、その脳細胞を調べて、分業の内容を明らかにしてきた。しかし、一四〇億ほどある脳細胞には、未だに何を分業しているのか不明なものがある。そのような脳細胞を、わたしたちは『沈黙の領野』と呼称している。

こんな書き出しの「まえがき」である。

貞子から交番の話を聞いた慎一は、それだけのことじゃあ、越権行為じゃないかと云った。

「話したことなんてない、と云ったら何と？」

「黙っていたわ。信じたみたいだったけど……」

「……」

「あの刑事には拘留権があるのよ。まぎらわしいことに関わらないで。わたしも注意するわ」と貞子は忠告した。


酒類は配給制で入手できない。軍需工員のため、わずかな特配があったが、水で薄めた酒が、売れるわけはなかった。その特配も廃止になった。赤提灯の「松」は開店休業状態で、暖簾を下ろした。


学生作家が人気で、慎一に出版社から、ときたま原稿依頼がある。それでいくらか収入はあった。

「それはあなたの小遣いよ」と母は手を付けない。

親子は慎ましく生活した。母は実家を、頼らなかった。切り詰めた生活なら、学費を払っても、二人で生活できるくらいの預金はあった。

貞子が詩集を出そうと思う、と云った時、慎一は賛成しなかった。ガリ版なら小遣いで出せるだろう。詩集、歌集、句集のガリ版出版は多かった。

多額の費用が掛かるのなら、自分で謄写《とうしゃ》版印刷できる。敬愛する詩人と友人に送るだけだから五十部もあればよいだろう。

題名を考えてもらおう。

慎一は、貞子の計画を聞くと賛成した。

出版社は考えている、あとがきも書く、と云ってくれたが、そうまでしてもらうつもりはない。

今日は、そんなことをきちんと決めるつもりだった。

大山原中学校へは二七番の路面電車で、京成の町屋から行く手段があったが、時間がかかる。省線の方が早い。高田馬場駅からバスに乗る。大山原中学校前で降りた。

富山印刷の角を曲がれば学校までは一直線だ。

校門を背にしている彼が見えた。手を振る。彼が気づいた……。
彼が手を振って駆けてくる。
……貞子も走った。

13

日本軍の真珠湾奇襲攻撃によって、米国が誇る太平洋艦隊は主力艦を失った。大国アメリカが、極東の小国日本の卑劣な奇襲攻撃を受けて、黙っているわけはない。プライドを傷つけられた大統領は、戦意高揚の復讐攻撃として日本空襲を考えた。幸い航空母艦は無傷である。

機動艦隊を日本沿岸まで近づけ、艦載機で爆撃する。攻撃終了後、爆撃隊は海上に逃れて、中国の飛行場に着陸する。空母には滑走距離が短く、もっとも航空距離の長い航空機を準備しよう。夜間空襲だから一番機は焼夷弾攻撃で、木造家屋を炎上させる。後続機はそれを目標にする。

大統領は、そのような秘密命令を出した。目標地は東京、横浜、大阪、名古屋、神戸の軍事施設である。

こうして、ウィリアム・ハルゼー海軍少将の指揮するアメリカ海軍「第十六任務部隊」が編成された。

空母ホーネット／エンタープライズ、重巡洋艦四隻、駆逐艦七隻、油槽船二隻。陸軍のノース・アメリカンB25-B型の双発爆撃機十六機は、九〇〇キロ爆弾を四個搭載した。

同機は、離陸距離一五二メートル、航続距離三二二〇キロの性能があった。爆撃隊の指揮官はドーリットル中佐。

機動部隊は日本本土六四四キロメートルまで近づくことを目指した。爆弾の一つには、駐日大使館の武官が、日本の紀元二六〇〇年記念として贈られた勲章を、利息を付けて叩きかえせと、貼り付けた。

空襲決行は一九四二年四月十八日の夜と決定した。問題は、機動部隊が気づかれることなく日本沿岸まで近づくことだった。

四月一日。第十六部隊は、サンフランシスコから極秘裏に出港した。日本本土沿岸へ四〇〇マイル（約六五〇キロメートル）まで近づけるだろうか。この作戦の成功は、その一点にかかっていた。
そして十八日午前六時四十四分、懸念していた通り、機動部隊は日本の沿岸監視船に発見される。

日本は、日米開戦とともに、本土空襲を警戒して、特別な防空対策を立てていた。日本列島の東方海域には島嶼《とうしょ》がないので、九七〇キロメートルを哨戒線と考えた。しかし、その距離は本土から哨戒機を飛ばして防空するには不可能な距離であった。そこで軍令部作戦課は、遠洋漁業の漁船を徴用して、本土東方一一三〇キロメートルの南北線上に配備し、海上哨戒《しょうかい》させた。日本海軍洋上哨戒部隊である。指揮官は海軍中将堀内茂《しげ》礼《のり》である。

四月十八日午前六時三十分。哨戒船第二十三日東丸が、北緯三六度、東経一五二・一〇分の洋上にアメリカ機動部隊を視認した。
日東丸は一九三五年に製造された近海底曳き漁船九十トンのカツオ漁船だ。

すぐ軍司令部に「敵空母三隻見ユ」の緊急電報を打電した。空母二隻を三隻と通報したのは重巡洋艦を空母と見た誤認だ。

日東丸に発見されて、あわてた機動艦隊は、七時二十二分に同船を爆沈した。日東丸の乗員十四名は、全員死亡した。

発見された機動艦隊は、もはや十八日の夜間空襲は不可能と判断して作戦を変えた。

午前七時二十五分、爆撃隊は空母から発進した。機動部隊は、全機を離艦させると即座に艦首を回転してハワイへの帰途についた。

全艦は二十五日にハワイへ帰投した。

発進した爆撃隊十六機は、編隊を組まず、それぞれが低空で飛行し、日本本土を目指した。

この発進の瞬間は、同艦に従軍したジョン・フォード（西部劇の映画監督）がカラーフィルムで撮影している。十六機の搭乗員は死を覚悟していた。

慌てることはなかったのだ。

緒戦の勝利に気を緩めていた日本軍は、監視船からの緊急電報を間違いじゃないかと疑った。太平洋艦隊は壊滅したのだ。機動艦隊編成などできないだろう。当時の飛行距離の常識から、空襲があるとしても、それは明日だろう。迎撃準備の時間は十分ある、と悠長な対応だった。

昼食前に洗濯ものを取りこもうと、物干し台に出た神田駿河台の主婦は、低空飛行の航空機を味方の飛行機と誤認して、手を振った。見慣れないマークをした航空機の搭乗員が頭を動かして、こちらを見ていた。

十六機のドーリットル爆撃隊は、十三機が東京を目指し、名古屋、大阪、神戸へは三機が向かった。大阪を攻撃目標にした一機は、間違って名古屋を攻撃した。しかし、一機の損害もなく攻撃を終了した。

洋上に出た爆撃隊は、支那の航空基地に帰還するだけだ。

悲劇は、この帰還の際に発生した。

爆撃隊員は総勢八十名（一機五名）だったが、四機が麗水《ヨス》飛行場に着陸、九機は燃料が尽き、落下傘などで脱出した。残る三機は、一機がソ連基地に、二機は日本占領基地に着陸した。

着陸の際に、五名が死亡した。

日本基地に着陸した八名の隊員は、防衛総司令官・東久邇宮稔彦王陸軍大将の命令で、三名が死刑、五名が終身刑になった。

これは国際条約の違反だと、アメリカは抗議した。日本は無差別の爆撃に対する当然の処置であると抗議を一蹴した。

大政翼賛会文化部長の高橋健二はドイツ文学者だが、この捕虜になった飛行士八名の処刑を、率先して主張した。

日本本土初空襲は米国民に大きな喜びを与え、大統領の思惑の通り戦意高揚に発展した。一機も撃墜されなかったのだから。

記者の「攻撃機はどこから飛び立ったのですか」の質問に、大統領は「シャングリラ」と答えて記者たちを煙に巻いた。当時のベストセラー小説に登場する架空の都市名で、理想郷と云われた。小説は映画化されている。（ヒルトンの「失われた地平線」）

この本土初空襲の被害は、防衛庁戦史室の記録によれば、「死者四十五名、負傷者約四〇〇名、全焼家屋一六〇戸、半焼家屋一二九戸、攻撃を受けた個所数十個所」とある。

『空襲災害状況』（警視庁）によれば、「死者三十九名、重傷者七十三名、軽症者二三四名」である。

今日帝都に敵機来襲・九機を撃墜、わが損害軽微
東部軍司令部発表（十八日午後二時）午後零時三〇分ごろ敵機数方向より京浜地方に来襲せるも、わが空地両航空部隊の反撃を受け、逐次退散中なり。現在までに判明せる敵機撃墜数は九機にしてわが方の損害軽微なる模様、皇室は御安泰に亙らせらる。
（新聞記事より）

このように、新聞は、まったく虚偽の報道をした。相次ぐ戦勝報道が、国民の目を塞いでしまったのだろう。

葛飾区水元国民学校高等科一年生の石出巳之助が、機銃掃射で死亡した出来事は、翌日の十九日に発表されただけであった。学校名などは、この時、発表されなかった。

鬼畜の敵、校庭を掃射　避難中の学童一名は死亡
十八日帝都に来襲した敵一機が午後一時四十分ごろ〇国民学校上空に現れ、帰宅途中のいたいけな学童に向かい機銃掃射を加えついに一名を死亡せしめた事実は、人道上無視すべからざる行為として人々を心から憤激させている。

と報道した。そして学童名を石部巳之吉（十四）と間違った名前で公開していた。記事は二十日に「帝都東北部〇国民学校高等科一年生石出巳之助」と正しく再報道されたが、学校名は伏せられていた。

石出少年は、右腰上背部に銃弾を受け、リヤカーで金町の病院まで搬送されたが、出血多量で死亡した。

早稲田中学校四年生・小島茂が、焼夷弾の直撃で死亡したのは、石出少年より約二十分ほど前であった。これが発表されたのは、翌年のことだ。

石出巳之助の死は、毎年四月十八日になると、「悲運銃撃善士の霊前に誓う少国民たち」のキャプションで、「仇は僕らの手で」などと新聞の紙面を飾った。

「昨年四月十八日、小癪にも帝都を襲った米機の、無道な機銃掃射を受けて散った気の毒な石出君のことを思うと、この仇はきっと討ってやると勇み立っている……」（昭和十八年二月の「毎日新聞」少年の墓に詣でる写真とともに）

「君は僕らの守り神……」（『少国民新聞』昭和十八年三月七日）

14

近寄った貞子と慎一が微笑みを交わした。

その時、東方の空から飛来したドス黒い飛行機が、機銃掃射しながら、二人の頭上に爆弾を投下した。

目標は学校らしい。工場か軍の施設と間違えたのだろうか。

飛行機は素早く西の空に消えた。

轟音が鳴り響き、建物の屋根が吹き飛んだ。たちまち、あたりは火焔《かえん》に包まれた。

空襲警報のサイレンが響いたのは、飛行機が消えてから十四分後だった。

全く役に立たなかった。

屋根を吹き飛ばされ半分になった富山印刷所が、激しく燃えていた。

走り寄った貞子と真一は、一片の肉となってしまったのだろうか。

二人は、ハグしただろうか。

貞子のカバンには、詩稿が入っている。

詩集のまえがきは、「愛は不滅だというが真実だろうか？」と、彼女の問いかけで結ばれていた。

火が消えた。

煙がすくなくなった。

あたりに漂っているのは、奇妙な臭いだ。

二人の姿は、どこにもなかった。

どこへ行ったのだろうか。

この世界から消えていた。

完

あとがき

『貞子と慎一と　昭和十七年の春のこと』を贈ります。

わたしは今年の誕生日で九十歳になります。今後、何冊贈れるか？　この世から消えないうちは書き続けるつもりです。飽きずにお付き合いください。

ご覧のように本作品はミステリーではありません。

ロマン・ロランの『ピエールとリュス』が好きです。ロランは、それを夢見がちな短い物語と称しています。一九二〇年の作品ですから、彼の五十代のものです。

中学生の時、それを読みました。

何回読んだでしょうか。最初に読んだ本の訳者は片山敏彦か、山本正清か、どちらかと思いますが、それからいろいろな訳者のものを読み、原書まで購入しましたので、記憶が定かではありません。友人の親が（高橋邦太郎・仏学者）所有していたものを借りても読みました。高齢者の物忘れも関係しているでしょう。二〇一六年には三木原浩史の新訳本が出版され、これも読みました。とにかく、いろいろな人の訳書を読みました。
この物語は、学生時代に構想したものですから、感心できない表現などが目につきます。どうしても許せないところは加筆訂正しました……。十代の短い初恋物語です。

ロランの作品を参考に、映画『また逢う日まで』（一九五〇年・東宝・今井正監督）が製作されています。もちろん映画ですから、原作とは違いますが……。
後年、友人の高瀬昌弘監督の出版記会で（「我が心の稲垣浩」の本）、俳優の久我美子さんに会い、キスしたガラスが汚れていたと聞きました。すっかり有名になった、あのキスシーンの部分の窓ガラスです。実際に撮影されているのですから、不潔な汚れではなかったのでしょうが、面白いと思いました。あのシーン、NGがあったのか訊ねなかったのが残念です。今井正の戦時下作品『望桜の決死隊』（一九四三年・原節子）を知っていますか?

ロランといえば『ジャン・クリストフ』でしょう。これも何回か読みましたが、そのうちにリルケに傾倒して、あまり読まなくなりました。しかし、『ピエールとリュス』は、思い出すと再読します。宗教には薄い人間ですから、ロマンの意図が何なのか、完全には理解できません。戦争下の、若い男女の悲恋物語として読んでいます。

日本の本土初空襲は拙著『日の丸は見ていた』（一九八二年）に詳述しましたから、そちらを参照してください。大阪城の「教育塔」も。

初めて真珠湾を見学した時、記念館には、この空襲の記録が大きく宣伝されていました。芝生に寝ころびながら青空を見上げて、日の丸マークのゼロ戦が、この空を飛行したのだと感慨にふけったのは半世紀も前のことでしたが、決して忘れません。

百瀬精一、吉田格、戸田結菜の三氏に、感謝の言葉をささげます。

最後になりましたが、本書の読者にも感謝します。

二〇二三年四月一三日　　カラスを追いながら　　櫻本富雄

巻末資料　『国民抗戦必携』

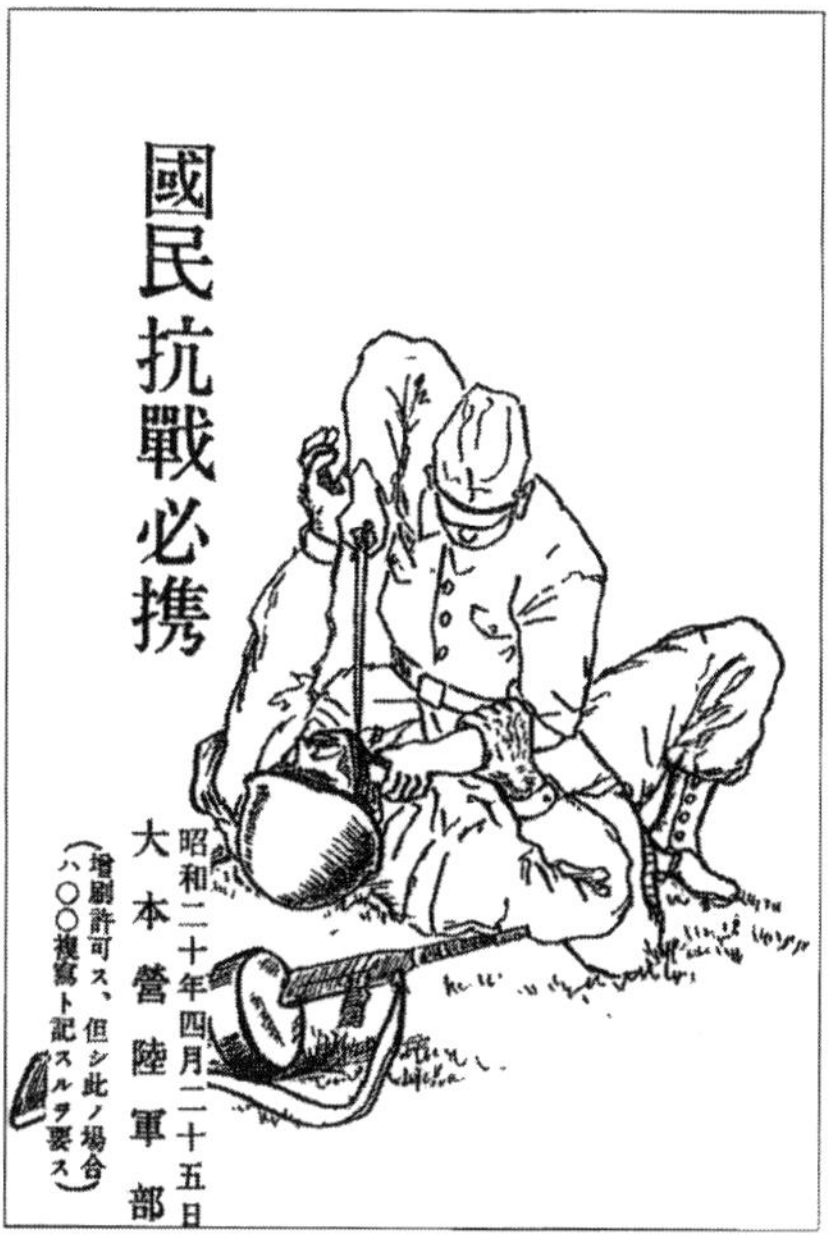

國民抗戰必携
昭和二十年四月二十五日
大本營陸軍部
（増刷許可ス、但シ此ノ場合ハ〇〇複寫ト記スルヲ要ス）

一、對戰車肉薄攻撃

1 敵戰車ノ諸元、攻撃部位

中戦車 M4

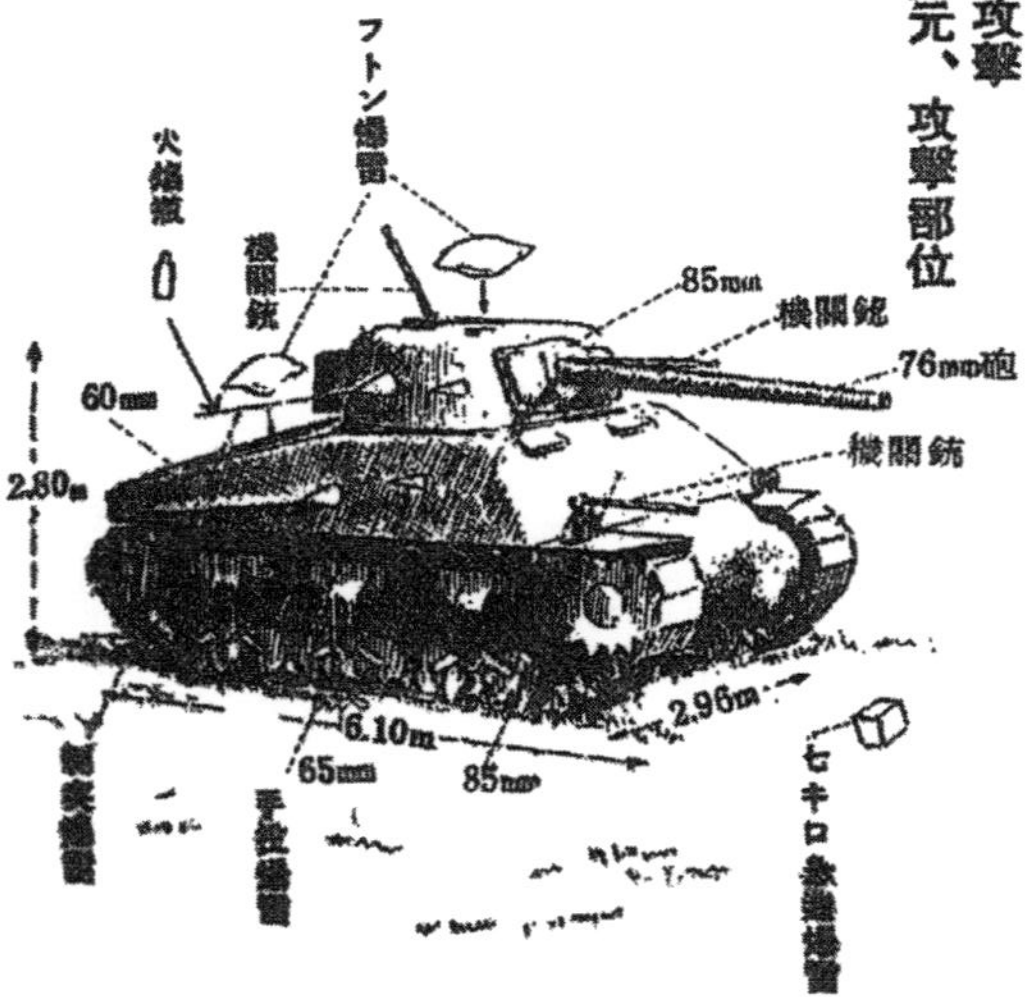

重戦車 M1

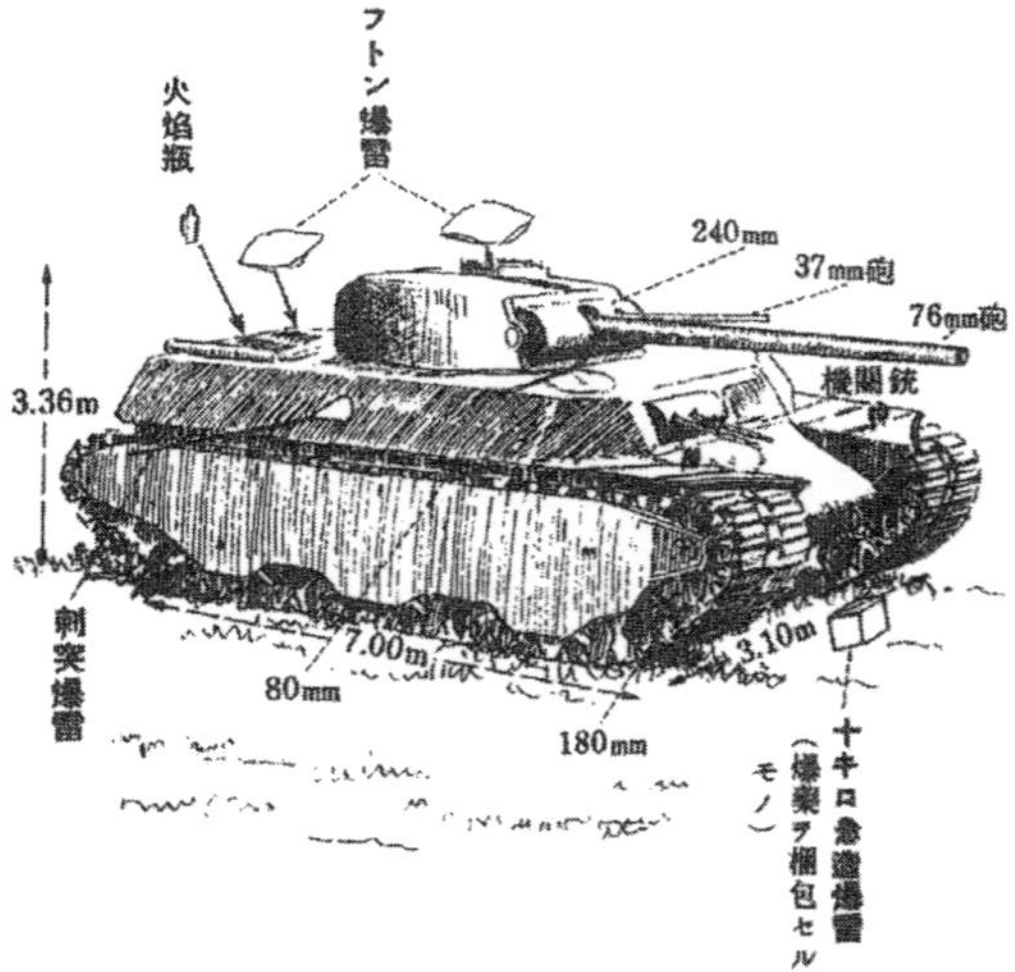

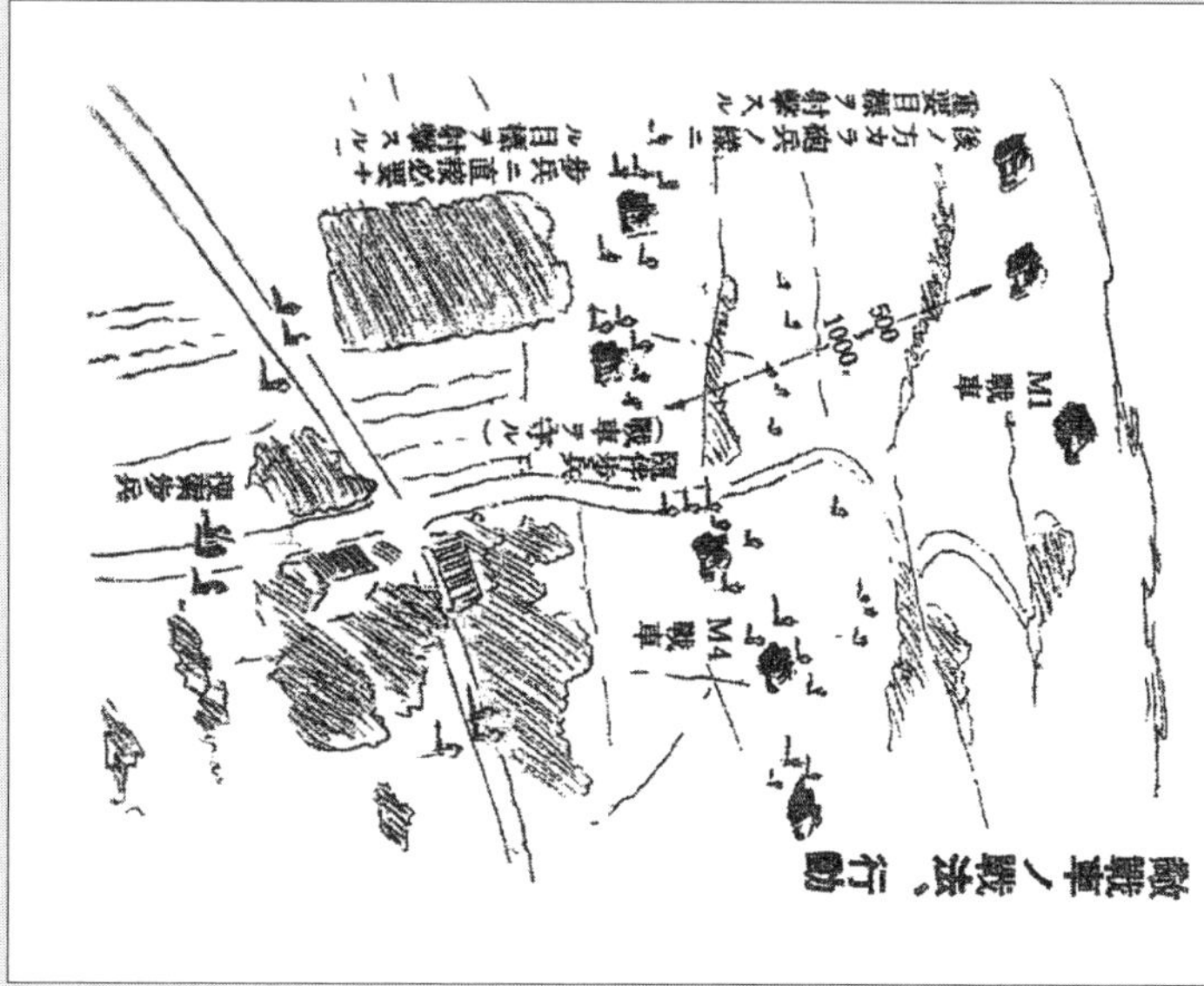

2 敵戦車ノ戦法、行動

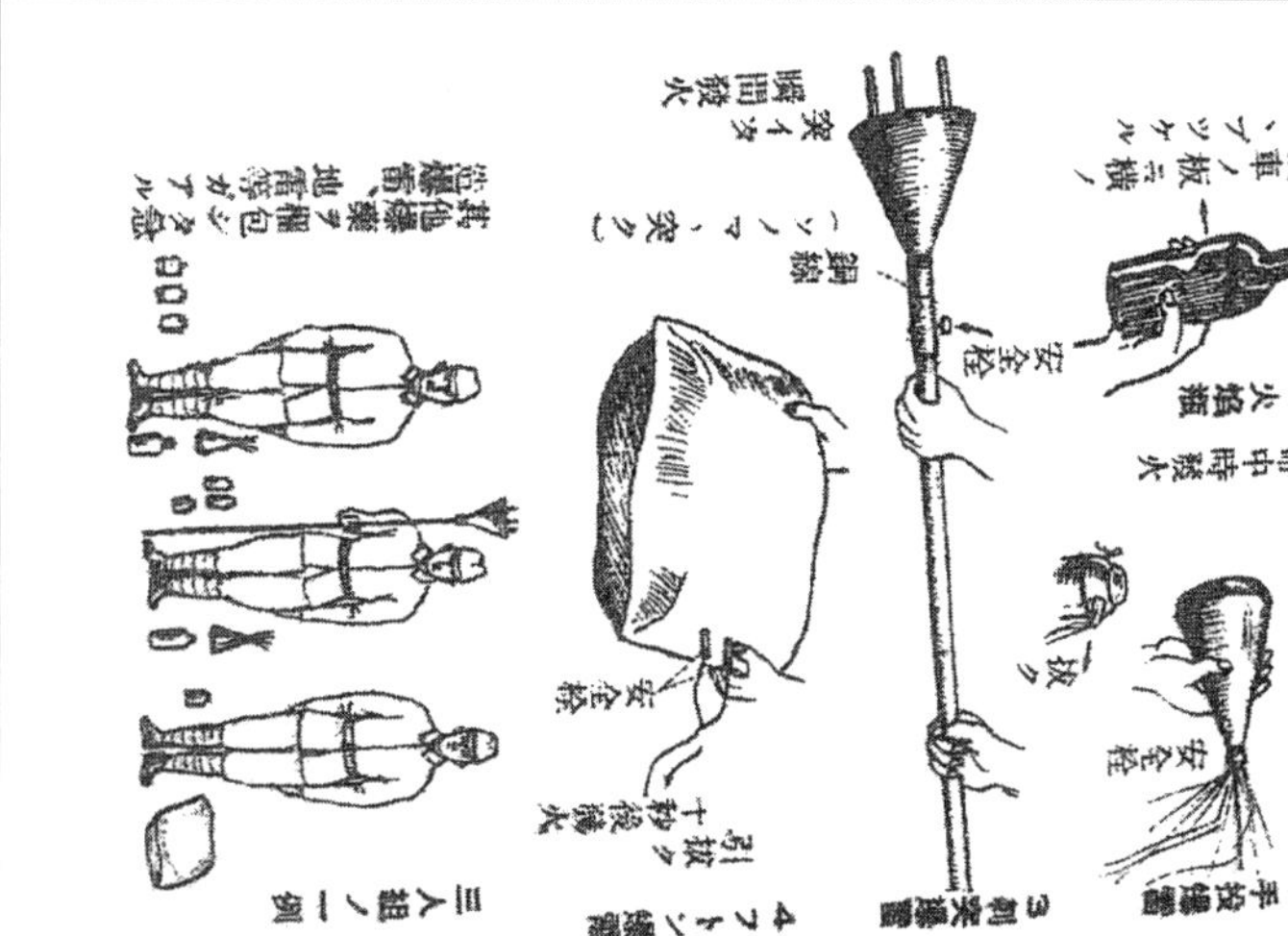

3 肉薄攻撃資材、組ノ編成

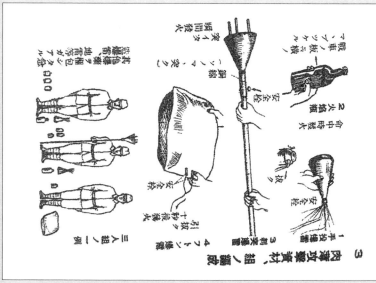

4　攻撃實施

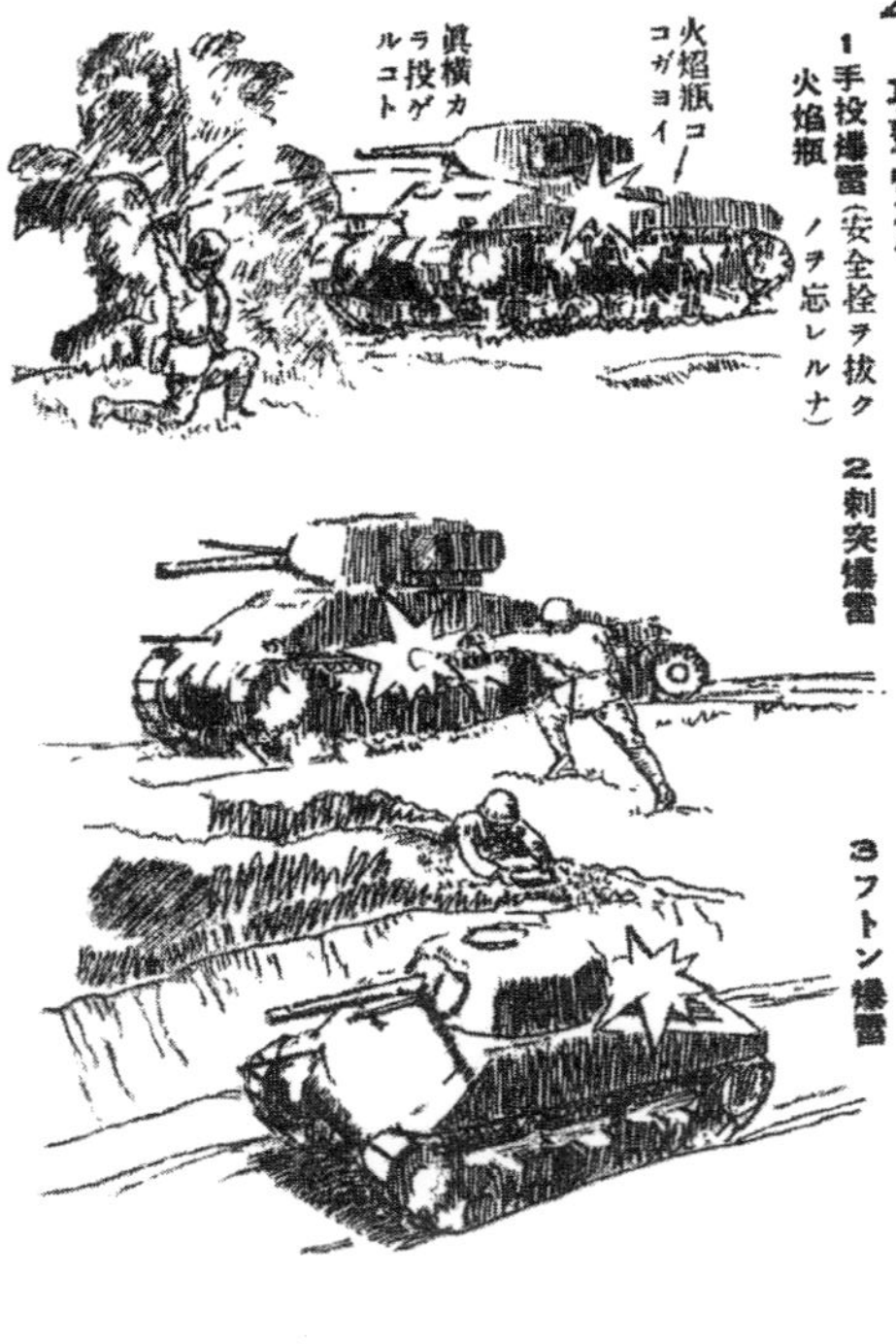

5　對戰車肉薄攻撃ノ支援

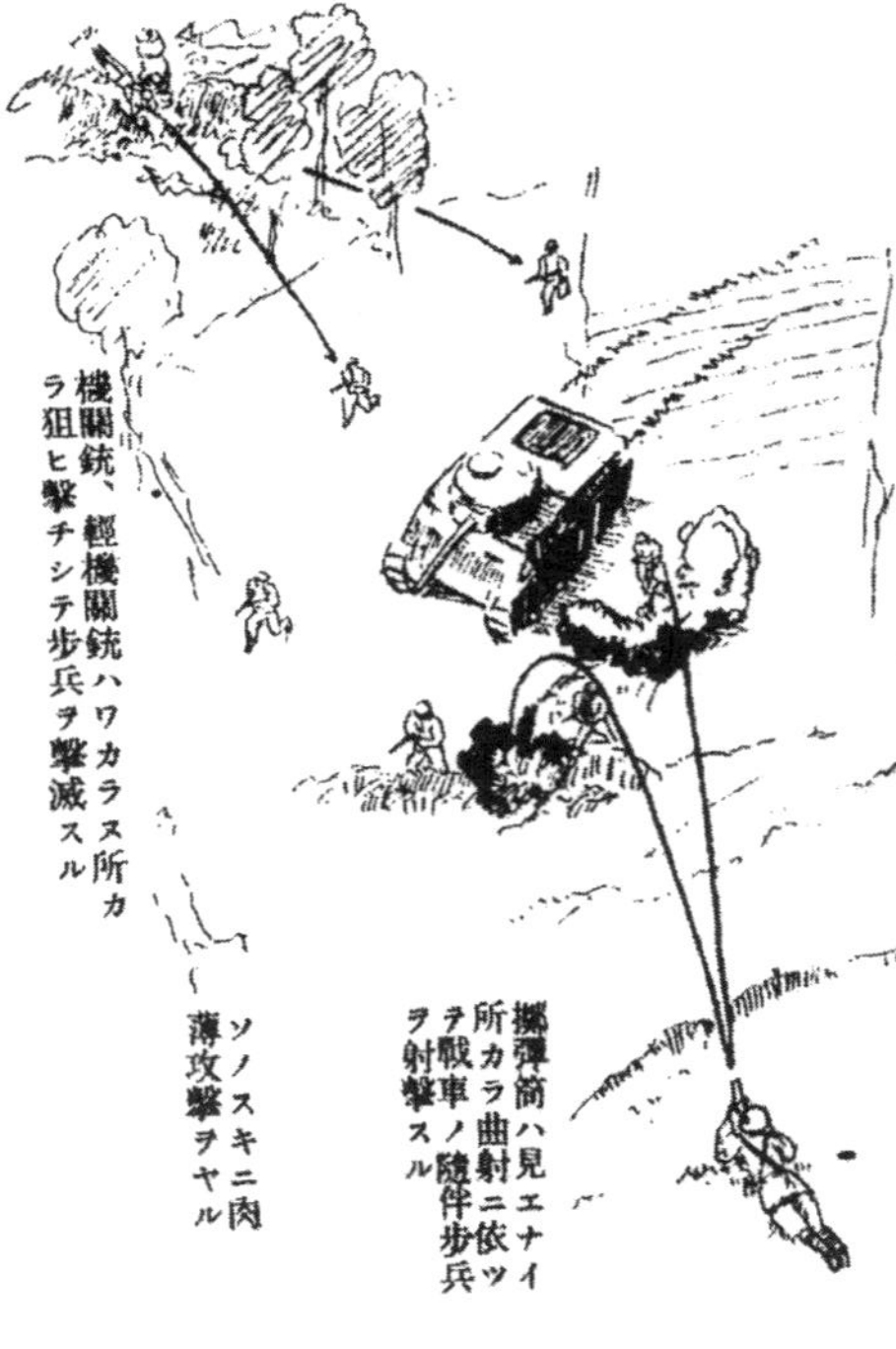

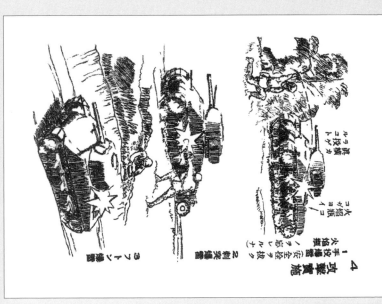

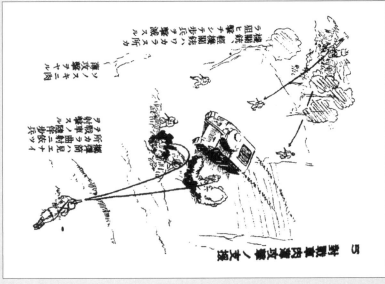

朝日新聞の『国民抗戦必携』四回連載の内容

昭和二十年六月十日　第一回

刺違える気魄《きはく》が必要　対戦車攻撃の種類と方法

大本営陸軍部では、このほど「国民抗戦必携」と「国民築城必携」を刊行して一般に配布することになったが、これは全国民就中《なかんずく》、国民義勇隊に敵と戦う方法を示したものである。勝利は必勝の信念の堅持によって獲得される、しかして必勝の信念は千磨訓練によって培われる、敵は近い、さあ訓練だ。この「必携」では対戦車肉薄攻撃、狙撃、手榴弾投擲《とうてき》、白兵《はくへい》戦闘と格、挺身斬込、対空挺戦闘、ガス、火焔防護等についての戦闘法が示されてある。

対戦車肉薄攻撃……敵の主として使っている戦車M1重戦車およびM4の中戦車であるM4中戦車は長さ六・二〇メートル、幅二・八〇メートルで主要部の装甲厚さ八五ミリ、薄弱部で六〇ミリ、備砲七六ミリ砲一門のほか機関銃三丁をそなえている。またM1重戦車は長さ七メートル、幅三・一〇メートル、高さ三・三六メートルで、砲塔前部付近の装甲一四〇ミリ、薄弱部で八〇ミリ、装備は七六ミリ砲、三七ミリ砲各一門と、機関銃二挺である。

◇肉薄攻撃資材と組の編成…資材にはつぎのようなものがある。

▽手投爆雷…安全栓を抜いてぶつけると命中と同時に発火する

▽火焔瓶…戦車の板に瓶を横にぶつける

▽刺突爆雷…銅線でできている安全栓を抜いて戦車を突けば瞬間発火する

▽フトン爆雷…座布団のような形をした爆雷で安全栓を抜けば十秒後に発火する

▽その他…爆雷を梱包した急造爆雷や地雷がある肉薄攻撃には通常長以下二、三名が一組となりそれぞれ前述の攻撃資材を持って戦闘する。攻撃の際、手投爆雷、フトン爆雷、刺突爆雷等の安全栓を抜くことを忘れてはいけない。なおフトン爆雷は高いところに潜んでいて下を通る敵戦車に投げつけて攻撃するとよい。

◇敵戦車の戦法…わが対戦車障害物や対戦車砲あるいは進路を偵察する捜査兵が、まず先行し、その五百乃至《ないし》千メートル後方から通常M4中戦車が随伴歩兵に守られ、敵歩兵に直接障害となる我が重火器等を射撃しながら前進してくる。その後方五百乃至千メートルをM1重戦車がわが砲兵のような重要目標を射撃してM4中戦車の前進を支援する。

◇対戦車肉薄攻撃の支援…擲弾筒は敵に見えないところから曲射で敵随伴歩兵を射撃、機関銃あるいは軽機関銃も随伴歩兵を射撃する、その隙に肉薄攻撃が果敢なる攻撃を加える。しかし、爆雷や火炎瓶等はなかなかうまく命中するものではない。一発必中のためには敵戦車と刺し違える烈々たる覚悟が必要であり、不断の訓練が絶対の要請である。

二、狙撃

1 姿勢

膝射チ
立チ射チ應用
伏射チ
彈丸込メ
一發ヅツ裝塡スル
一擧ニ活潑ニ操作スルコト
一擧ニ彈丸ノ根本ヲ押シ込ム

穴照門
可
不可
不可
不可
距離ハ取ルナ、二〇〇米以下デ狙撃セヨ
照星照門
目標
照門
可
不可
不可
不可
ココラヲネラフ
二倍半ノ下ヲネラフ
ココヲネラフ

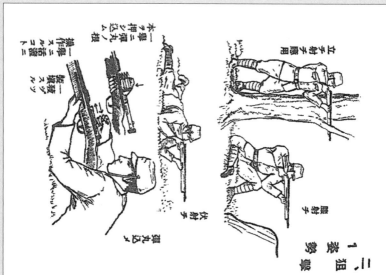

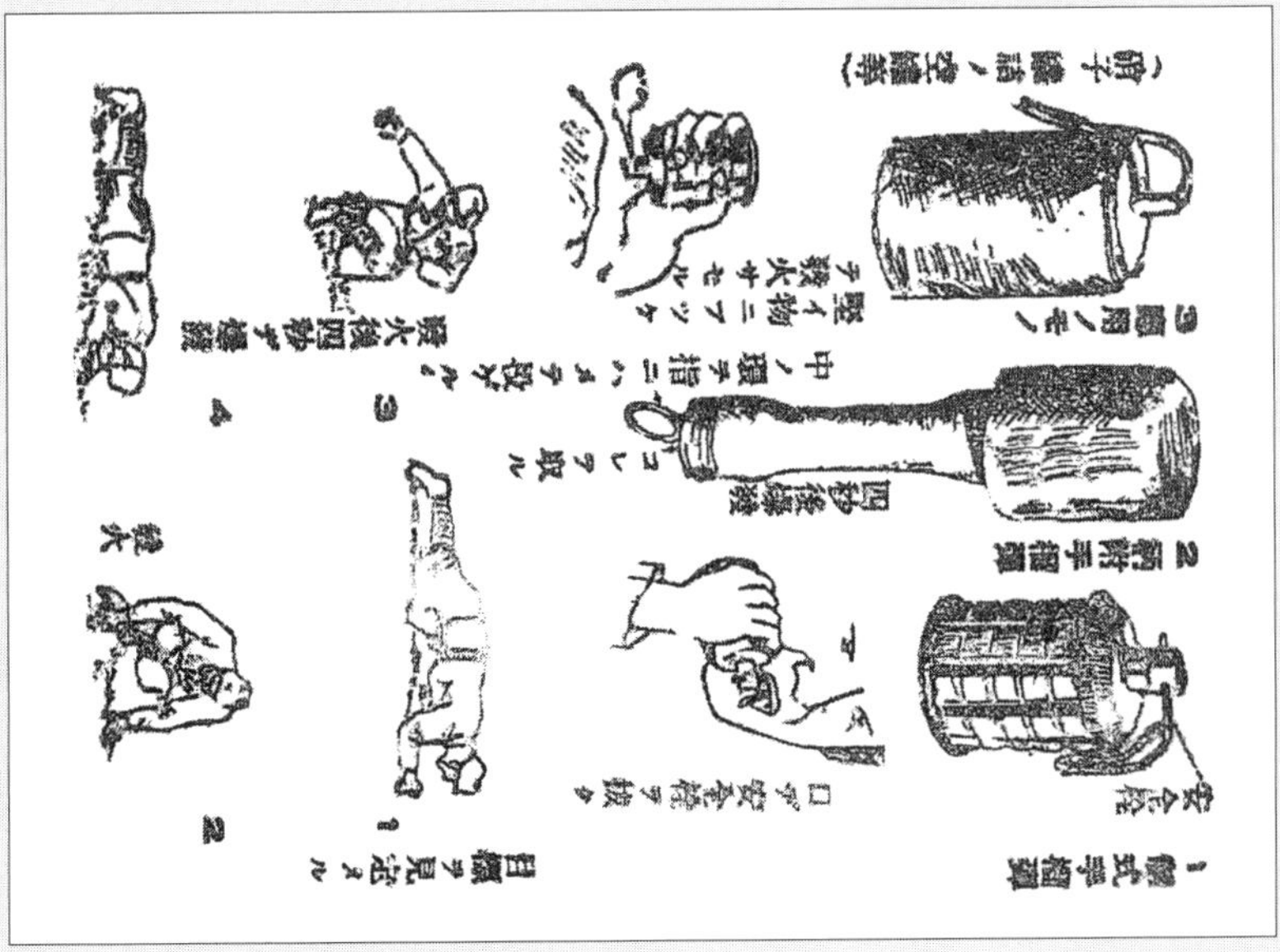
安全栓
四秒後爆発
コレヲ取ル
ロデ安全栓ヲ抜ク
目標ヲ見定メル

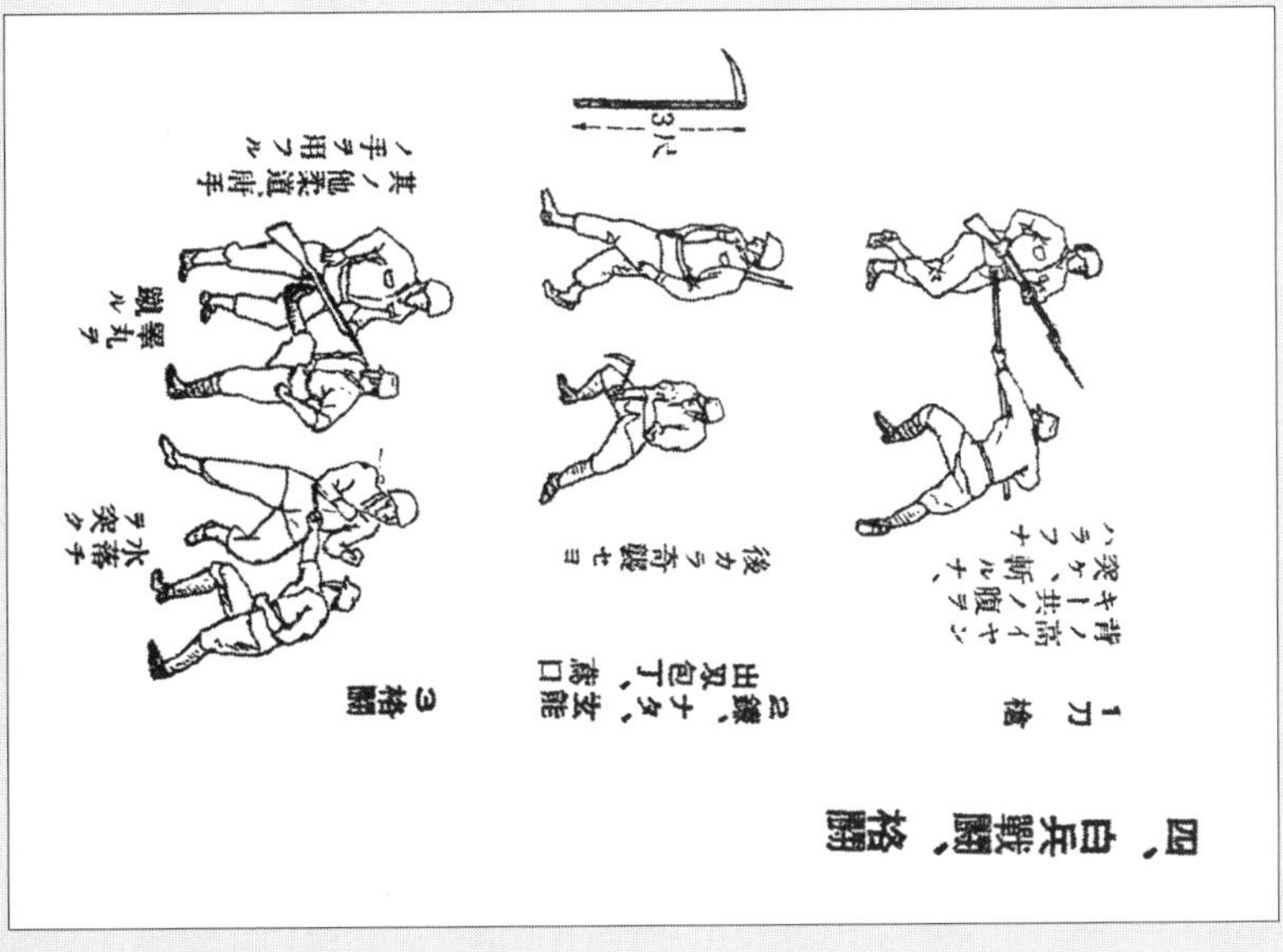
四、白兵戦闘、格闘
1 刀 槍
2 鎌、ナタ、出刃包丁、玄能、鳶口
後カラ奇襲セヨ
3 格闘
ミゾ落チヲ突ク
睾丸ヲ蹴ル
其ノ他柔道、空手ノ手ヲ用フル
3尺

昭和二十年六月十一日 第二回

鉈《なた》、鳶口《とびぐち》も白兵兵器　狙撃は三百メートル以内で

本土進攻の敵が圧倒的多量の物量でやって来ることは十分覚悟しなければならない、耕された農村も大きい都会も小さな都市も醜敵の砲爆弾や焼夷弾にさらされるだろう。だが一歩たりとも退いてはならない。赫々《かっかく》の戦勝は、これを確信して最後の瞬間まで敢闘するものに帰す。決戦間、軍隊の傷病者は原則として後送されない、負傷者、戦死者に対する戦友道は敵を撃滅するにある。以下は大本営陸軍部刊行『国民築城必携』による近接戦闘要領の解説である。

狙撃……一発の弾なりとも無駄弾であってはならない、一発よく五人を斃《たお》し十人を屠《ほふ》る心構えが必要だ。

◇射撃姿勢…地形、敵情によって立ち射ち、膝射ち、伏射ちの三姿勢がある、立ち射ちはどうしても手が動くからなるべく立木とか壁に銃を託して射つとよい。膝射ちは足部よりも臀部の方が稍《やや》高くなっているところ、伏射ちは両臂が同じ高さにあるような場所を選んで姿

勢をとること。いずれも地形地物を利用して出来るだけ敵に対し体を遮蔽することに留意しなければならない。

◇弾込め…三八式歩兵銃の場合であるが、五発を一度に込めるには一挙に弾丸の根元を押し込むこと。いい加減に押し込むと二重装塡になって遊底が動かなくなる。また一発ずつ装塡の場合は一発ごとに薬室内に押し込んでやる。

◇射撃…なるべく距離をとらない方が命中率がよい。狙撃は三百メートル以下とし、引きがねは銃の握把《あくは》を握りしめるようにして自然に引くこと。一挙に引く「ガク引き」は命中しない。

◇照準点…伏せている敵は胸を、前進して来る敵は下腹部を、落下傘で降下する敵は身長の二倍半下を狙うとよい。

手榴弾……主なるものは次のとおりである。

◇制式手榴弾…重さ約百七十匁《もんめ》、有効半径約七メートル、安全栓を抜いて固い物に打ちつけ点火すれば四乃至五秒で炸裂する。

◇柄附手榴弾…木の柄が付いている手榴弾で、柄の末端についている環を指にはめたまま投擲すると自動的に点火し、四秒後に爆発する。

◇応用手榴弾…硝子瓶や、缶詰めの空缶に爆薬を入れ、これに信管、導火索を付けたものである。

◇投擲…投擲には立ち投げ、膝投げ、伏投げの三姿勢がある、立ち投げでは三十メートル以上、伏投げでは二十メートル以上投擲できるように訓練する必要がある。投擲後は伏せて破片の飛散を避ける注意を忘れてはならない。

白兵戦闘と格闘……銃、剣はもちろん刀、槍、竹槍から鎌、なた、玄能、出刃包丁、鳶口に至るまで、これを白兵戦闘兵器として用いる、刀や槍を用うる場合は斬撃やヨコ払いよりも背の高い敵兵の腹部目がけてぐさりと突き刺した方が効果がある。なた、玄能、出刃包丁、鳶口、鎌等を用いるときは、後ろから奇襲すると最も効果がある、正面から立ち向かった場合は半身に構えて、敵の突きだす剣を払い、瞬間胸もとに飛び込んで刺殺する、なお鎌の柄は三尺位が手頃である。格闘になったら「みずおち」を突くか、睾丸を蹴る、あるいは唐手、柔道の手を用いて絞殺する、一人一殺でもよい。とにかくあらゆる手を用いて何としてでも敵を殺さねばならない、事実は最早「肉を切らせて骨を断つ」ではなく「骨を切るが」自分も「骨を断たれる」ところまで至っている。しかし断じて屈せざる気魄のあるところ戦は必ず勝つ。

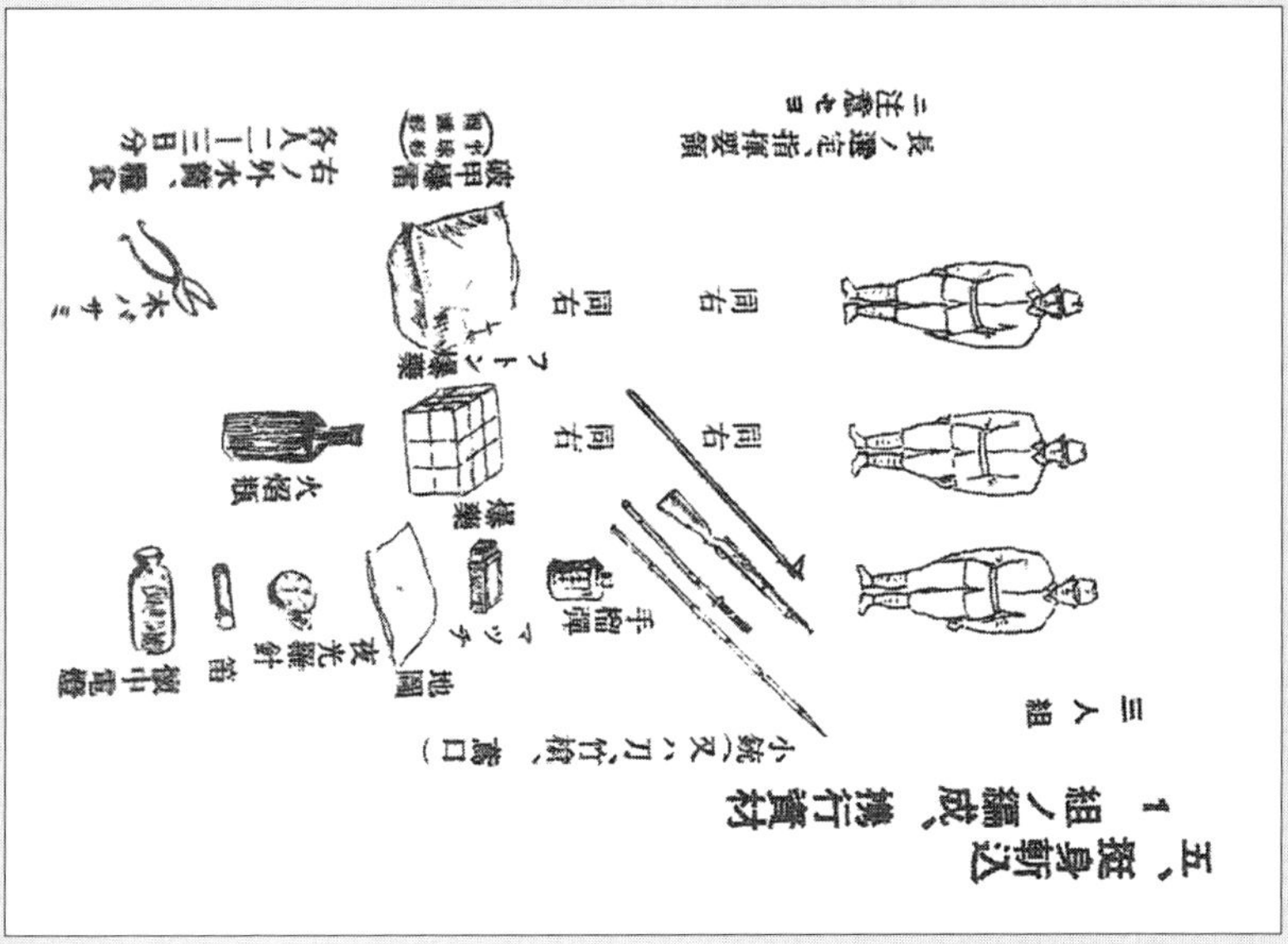
五、挺身斬込
1　組ノ編成、携行資材
三人組
長ノ選定、指揮要領
ニ注意セヨ
同右
同右
小銃（又ハ刀、竹槍、鳶口）
同右
同右
手榴弾
マッチ
地図
フトン爆薬
爆薬
破甲爆雷
夜光羅針
笛
懐中電燈
火焔瓶
右ノ外水筒、糧食
各人二－三日分
木バサミ

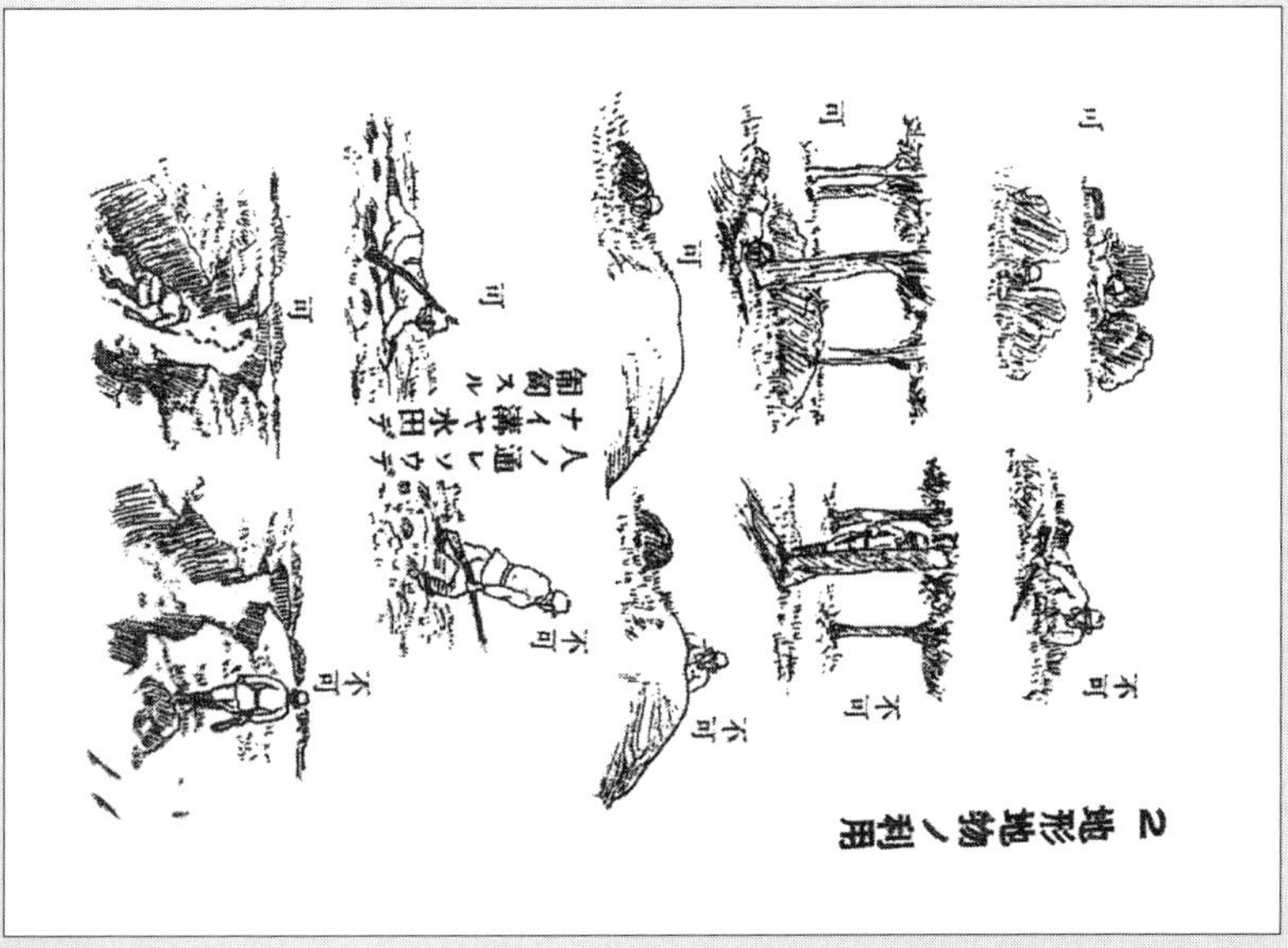
2　地形地物ノ利用
可
不可
可
不可
可
不可
人ノ通レソウデ
ナイ溝ヤ水田デ
匍匐スル
可
不可
可
不可

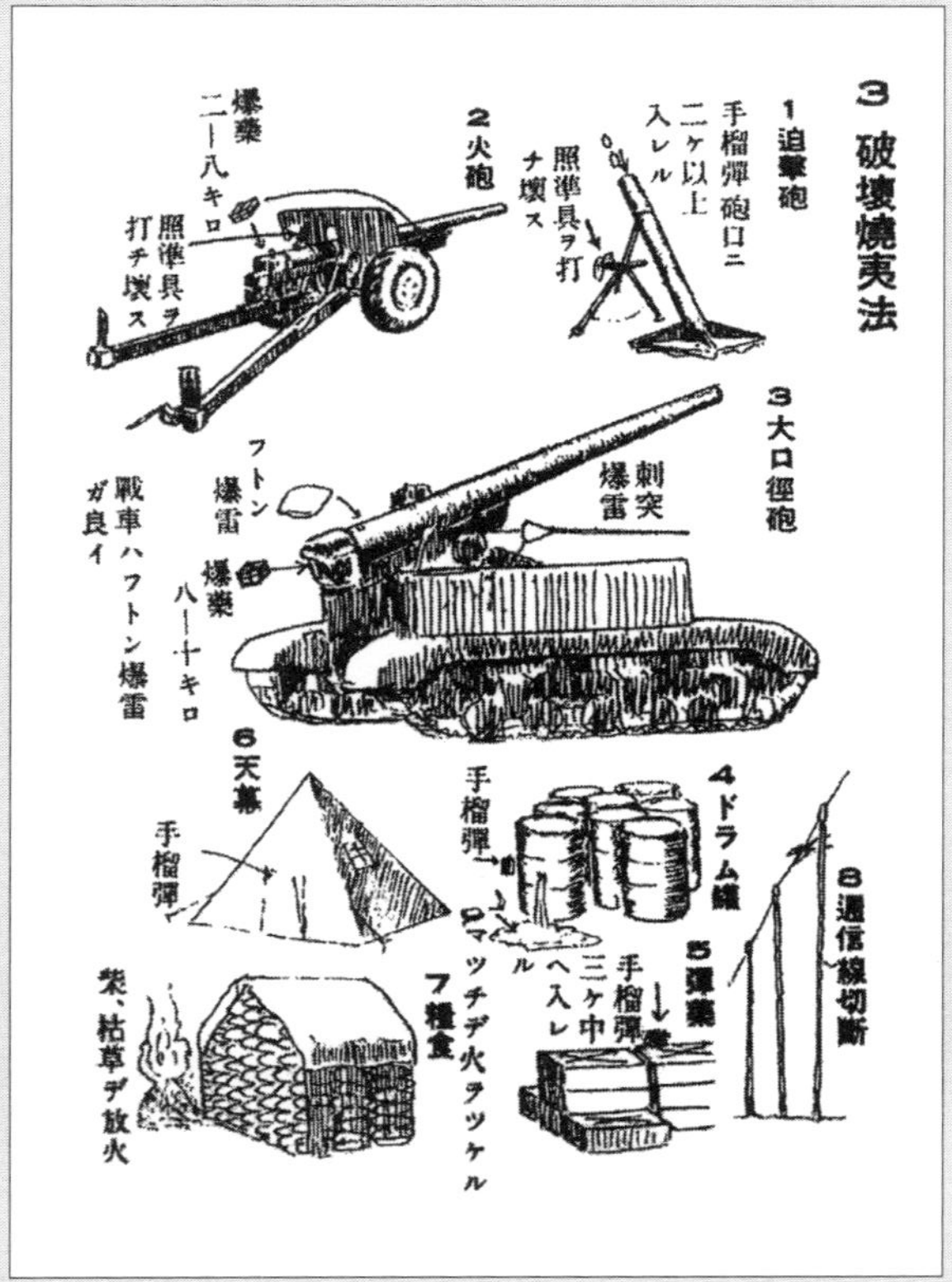
3 破壊焼夷法
1 迫撃砲
手榴弾砲口ニ二ケ以上入レル
照準具ヲ打チ壊ス
2 火砲
爆薬二―八キロ
照準具ヲ打チ壊ス
3 大口徑砲
刺突爆雷
フトン爆雷
爆薬八―十キロ
戦車ハフトン爆雷ガ良イ
4 ドラム罐
手榴弾
ロマツチデ火ヲツケル
5 彈薬
手榴弾三ケ中ヘ入レ
6 天幕
手榴弾
7 糧食
柴、枯草デ放火
8 通信線切断

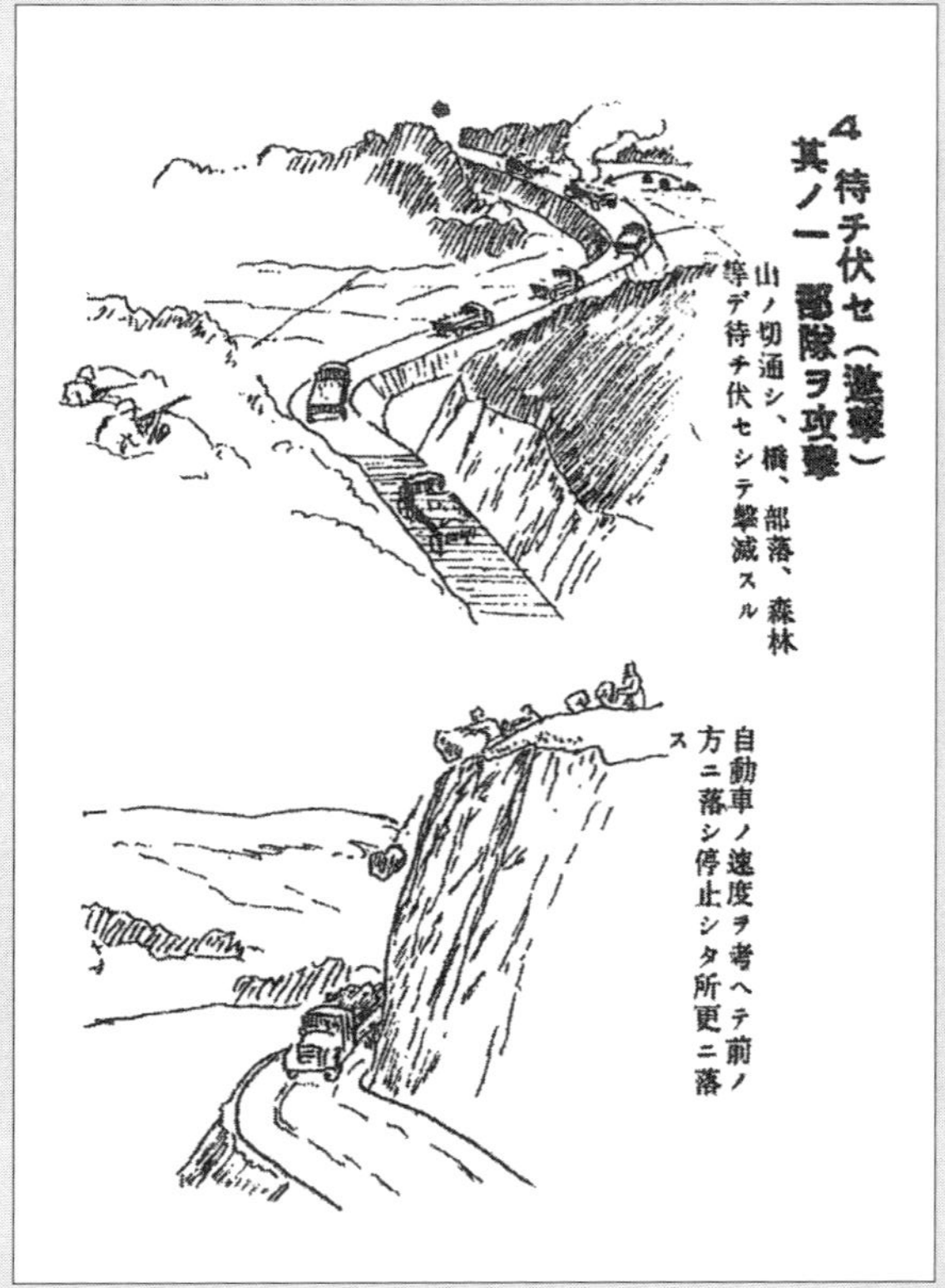
4 待チ伏セ（邀撃）
其ノ一 部隊ヲ攻撃
山ノ切通シ、橋、部落、森林等デ待チ伏セシテ撃滅スル
自動車ノ速度ヲ考ヘテ前ノ方ニ落シ停止シタ所更ニ落ス

5 挺身攻撃

其ノ一 一般ノ要領

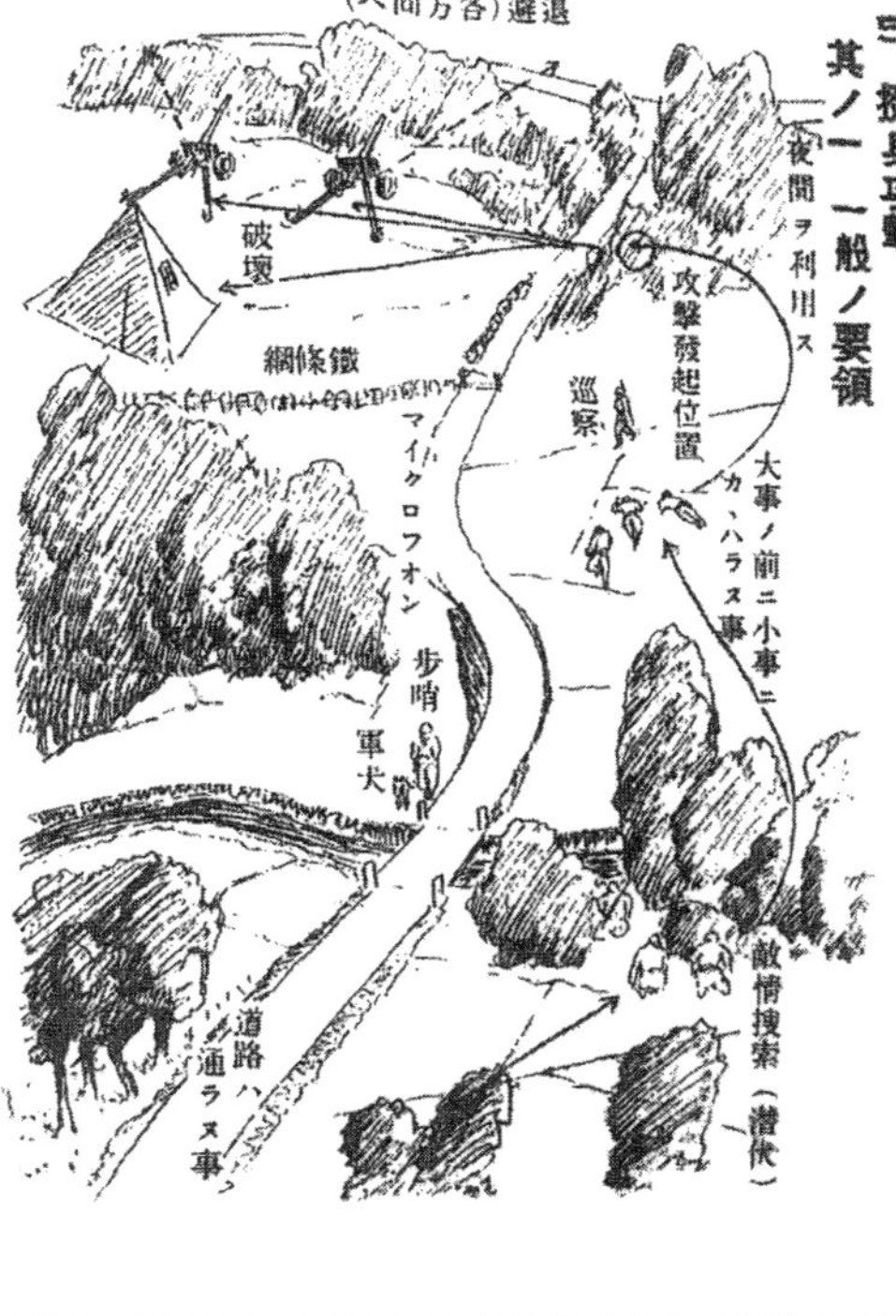

其ノ二 敵ノ油断ニ乗ズ

敵ガ一人ナラバ後カラ刺シ(斬リ)殺セ
敵ガ後ニモ居タラバ重要ナ者(將校、機關銃手ナド)ヲ狙撃セヨ
多勢カタマッテ居タラバ手榴彈ヲ投ゲヨ
イヅレニセヨ攻撃迄見ツカラヌコト

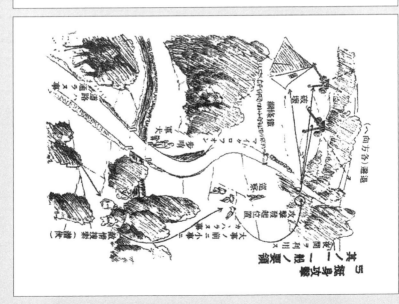

其ノ二　敵ノ注意ヲ一方ニ引キツケテ他方カラ攻撃

1

2

一人デドラム罐ヲ爆發サセ、敵ガソレニ氣ヲ取ラレテキル時主力ハ飛行機ヤ、他ノ燃料ヲ壞ス

其ノ三　各方面同時攻撃

一ツダケデ滿足スルナ

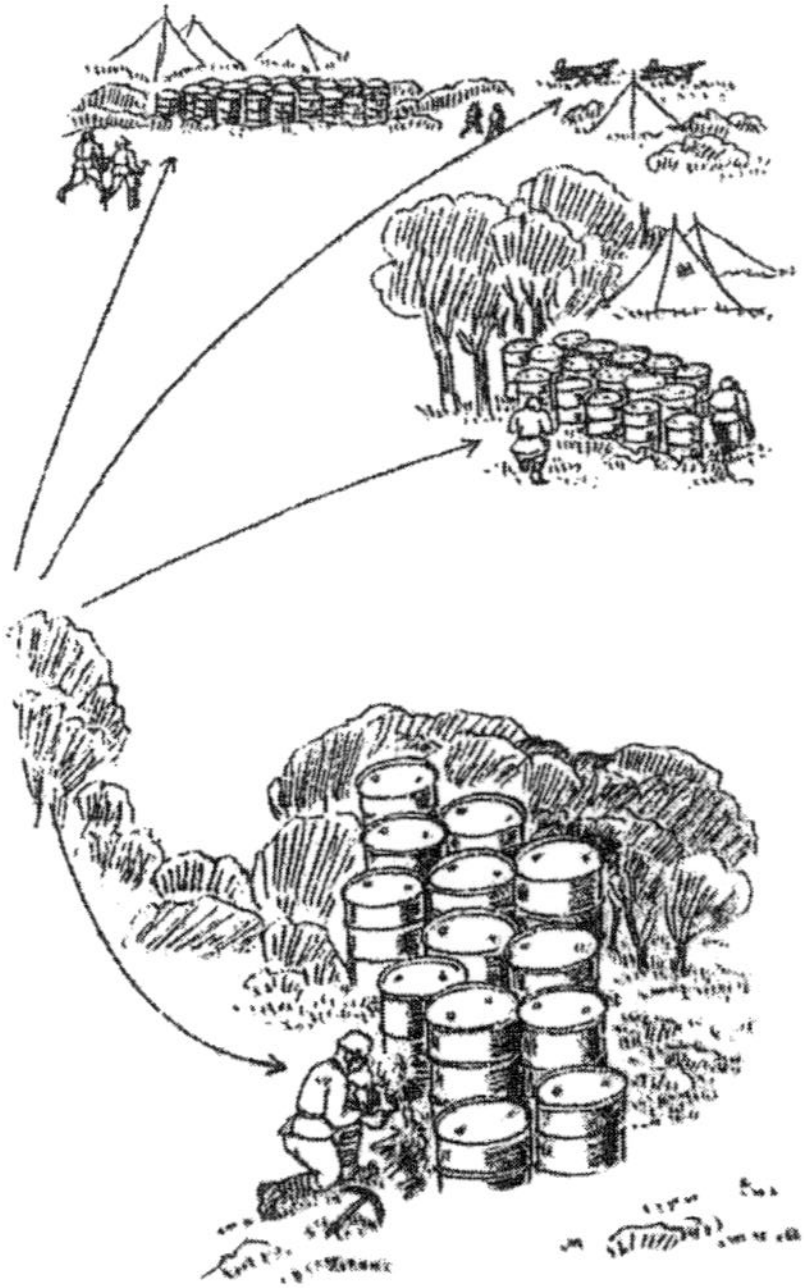

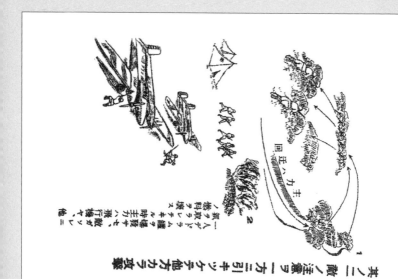

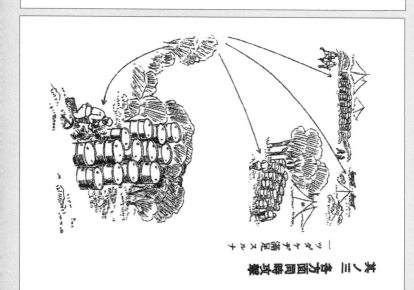

昭和二十年六月十二日　第三回

敵の度肝をぬく　神速機敏な組長が必要

少数部隊をもって決死敵中に踊りこみ、物量を恃《たの》む敵戦力を覆す挺身切込は、悠久三千年の伝統に輝く剣の精神の発揮であって、決して切羽詰まって行う戦法ではない。近代戦の華々しさに比べ挺身切込はもちろん地味であり多少姑息の感もあるが然し大東亜戦争勃発以来ことにペリリュー、モロタイ両島における我が切込隊の活躍以来の挺身切込はさらに組織化され且つ猛訓練等によって強化されただけに敵に与えた人的、物的損害あるいは敵の戦略、戦術に及ぼした齟齬は極めて甚大であった。レイテ、ミンドロ、フィリピン、硫黄島あるいは激闘続く沖縄島等で、烈々火を吐くわが切込を食らった敵は「黒衣の訪問者」と呼んで恐怖のどん底に叩きこまれ、ただ泣き喚くばかりである。敵の本土来寇はもはや必須である、醜魔来たらば来たれ、剣の精神の前に引き出された物量の無力さを青目玉がでんぐり返るほどはっきり示してやろう。以下は大本営陸軍部編纂の『国民抗戦必携』が教える挺身切込戦法である。

挺身切込戦法……

◇組の編成…敵情、状況にもよるが三人一組位がよい、組長はことに神速機敏、敵情を明察し臨機応変の指揮能力のある者を選定すべきである。

◇携行資材…近接戦闘に必要な資材のほか切込みは主として夜間行う故夜間戦闘資材も携行しなければならない。即ち小銃、刀、竹槍、鳶口、手榴弾、爆薬、フトン爆雷、破甲爆雷、火炎瓶、マッチ、木ばさみ等のほか地図、夜行羅針盤、笛、懐中電灯、ほかに水筒、糧食（各人二、三日分）等である。

◇地形地物の利用…挺身切込には隠密行動を絶対必要とする、接敵間あるいは敵中に潜入して敵情を偵察する場合などできるだけ地形、地物を利用しなければならない。のみならず周囲の色と調和する偽装も忘れてはいけない。夜だからとて山や岡の稜線上に大きな姿勢を暴露すれば天空にすかして見られることもあるから決して油断してはならない。

◇破壊傷痍法…敵兵器や資材等はどこをどんなふうに破壊するかを知っていなければ苦心の敵中潜入も水泡となる

▽迫撃砲…砲口に手榴弾を二個以上入れるか照準具を打ち壊す

▽火砲…二乃至六キロの爆雷で砲身を託している部分（制退器）を爆破するか、照準具を

打ち壊す

▽大口径砲…八乃至十キロの爆雷で砲尾をもフトン爆雷で砲身を刺突爆雷で砲身を託している部分を破壊する

▽ドラム缶…手榴弾で破壊して更にマッチで点火する

▽弾薬…弾薬箱等をこじあけて手榴弾を入れて誘爆させる

▽天幕…手榴弾をぶち込む

▽糧食…柴、枯草等で放火する

▽待ち伏せ…部隊を待ち伏せするには山の切通し、橋、部落、森林等がよく、断崖の下の道路を通る敵自動車部隊等は断崖の上から、自動車の速度を考えてその前方に岩石等を転げ落とし停止したところへ更に落とす。また敵が独りの場合は後から刺し殺すか斬り殺す、数人の場合は将校か機関銃手等重要な者を狙撃、多勢集まっていた場合は手榴弾を投げる。

◇挺身攻撃…接敵には敵の歩哨《ほしょう》、軍犬、マイクロホン、鉄条網に深甚なる注意を払い、道路は通らないこと、また接敵間敵の巡察や歩哨等にあっても大事の前の小事としてこれに構ってはならない。攻撃実施は一に状況によるが、一部で敵を牽制して主力は後方を襲うとか、一人がドラム缶を爆発させ、敵がそれに気をとられている間に主力は飛行機や燃料を壊す。あるいは各人がそれぞれ目標を定め時間を決めて同時に攻撃するなどあの手この手を用いねばならない。

六、對空挺戰闘
1 障碍物
平地ニハ大八車ヤ石木材ナドヲナラベル
大キナ道路ハ圖ノ様ナ障碍物ヲ置クトヨイ

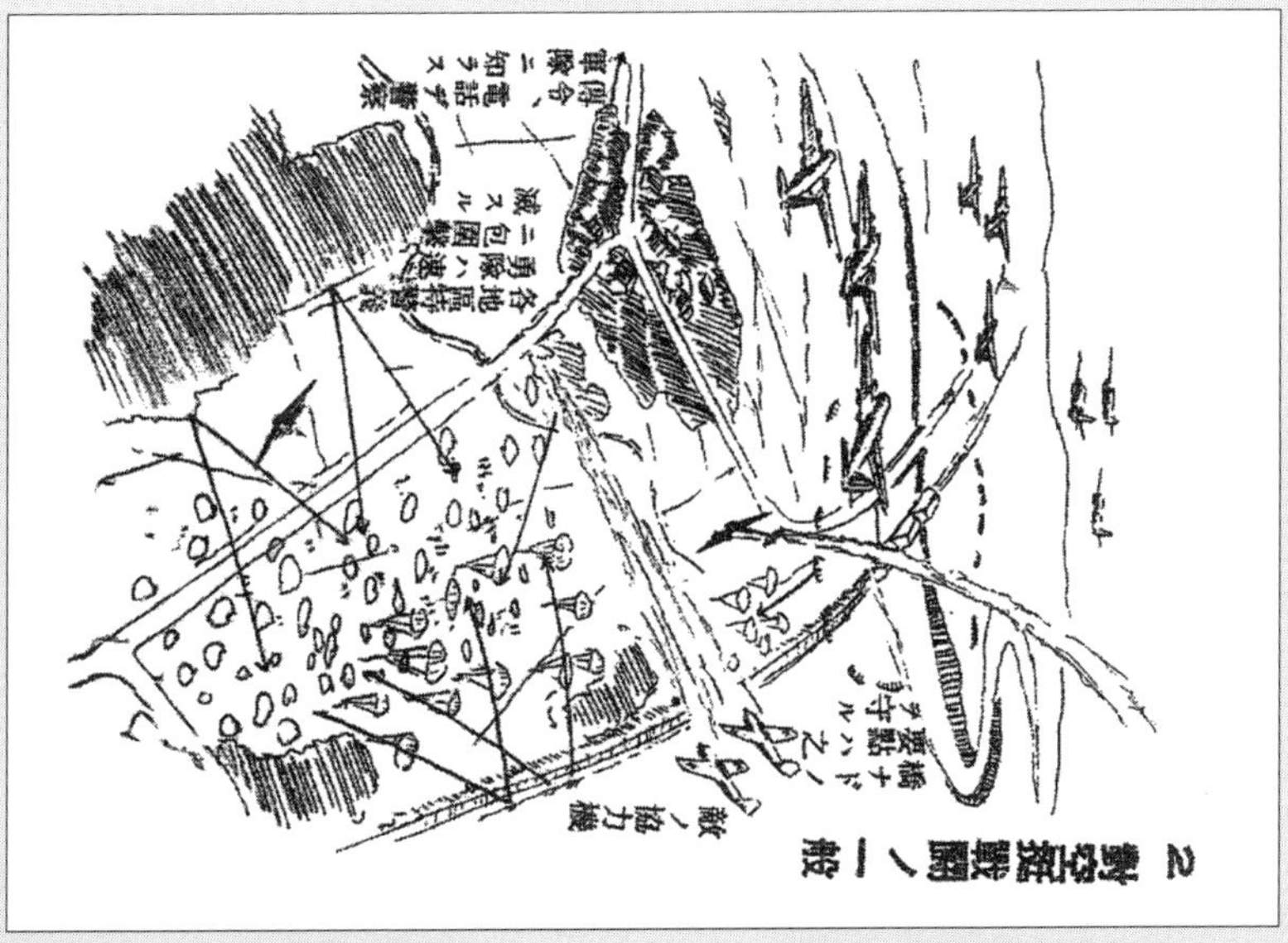
2 對空挺戰闘ノ一般
橋ナドノ要點ハ之ヲ守ル
敵ノ協力機
各地區特警發勇隊ハ速ニ包圍撃滅スル
傳令、電話デ警察軍隊ニ知ラス

七、瓦斯、火焔防護

1 瓦斯

瓦斯、火焔共ニ恐レルナ

防毒面ガアレバソレヲ被ル

「マスク」ヤ手拭ニ、布ヤ「ガーゼ」ヲ水ニヒタシテ掛ケ静ニ呼吸スル

ナルベク風上、高イ所ヘ行ク事

「イペリット」ヤ「ルイサイト」ノ雨下ノ場合ハ布ヤミノヲカブリ急イデ毒化サレヌ所ヘ行ツテスグ毒ノツイタモノハ焼キ捨テヨ

2 火焔防護

火焔放射手ヲ物カゲカラ狙ヒ撃チシテ殺ス

火焔ヲ吹キカケラレタラサワガズ離レムシロ、笠、天幕ナドデ遮リ逆ニ横ノ方カラ攻撃スル

昭和二十年六月十三日　第四回

空挺隊は囲んで撃滅　ガスも火焰も沈着に処置

敵は本土侵攻に当たって空挺隊を降下させ、わが要地占領を企図することもあろうし、火炎放射の攻撃を加えて来ることも必然だ、また毒ガスを使用して来ることも考えねばならない。以下『国民抗戦必携』に示す対空挺隊、対ガス、対火焰戦闘要領の解説……。

対空挺戦闘……敵空挺隊は平坦開闊地に輸送機で強行着陸して来るものと考えられるから着陸しそうなところには障害物を設ける。

◇障害物…大きな道路には各所に木材を組んだ矢来《やらい》を置くとよい、平地には大八車や石、木材等をならべる

◇対空挺戦闘の一般…空挺部隊降下の兆候があった場合、あるいは強行着陸した場合には機を失せず伝令、電話等で警察か軍隊に急報すると同時に付近の橋梁、鉄道等の要点を確保し、一方各地区特警義勇隊は強行着陸直後でまだ攻撃準備の整わない好機を補足して包囲殲《せん》滅《めつ》する。

対ガス戦闘……毒ガスによる敵の攻撃はガス空襲、ガス弾射撃、ガス弾投射、ガス器撒、ガス放射等の方法で行われるものと思われる。

◇種類…ガスはすぐに発散して効力を失う一時ガスと長時間効力を保っている持久性ガスがある。催涙性、「クシャミ」性、窒息性（ホスゲン）ガス等は一時性ガスで青酸、一酸化炭素のような中毒性ガスあるいはイペリット、ルイサイトのような糜爛《びらん》性ガスは持久性ガスである。

◇ガス防護…防毒面があれば速やかに被り、マスクや手拭に水にした布あるいはガーゼを重ねかけて、静かに呼吸すればガスは防げるが速やかに風上か高い所へ行くことも忘れてはいけない。ガス雨下は飛行機でイペリット、ルイサイト等を撒くのであるがこの場合は布や油紙、蓑等を頭からかぶって急いで毒化されないところに行き、すぐ毒ガスのついたものを焼き捨てる。

火焔防護……火焔攻撃を受けたら地形地物を利用して、躰をかくし、火焔発射手を狙い撃ちして殺す。また火焔を吹きかけられたらあわてずに濡れ蓆《むしろ》、笠、天幕等で遮り速やかに横合いに回ってこれを攻撃する。毒ガス攻撃を受けた場合もそうだが、火焔攻撃を受けたときは恐れてはいけない。沈黙冷静に行動すればガスも火焔も恐ろしいものではない。

以上が「朝日新聞」に連載された『国民抗戦必携』の全文の要約である。

手元に「愛知県図書館」より取り寄せたイラスト入り『国民抗戦必携』八回連載があるので、比較的よい状態のもの「決死必成の隠密行」第四回を複写しておこう。


新聞紙上で、これほど詳細な『国民抗戦必携』を紹介しているのは、他にはない。

表紙の裏面には「要旨」がある。①敵もし本土に上陸したら、一億特攻でこれを撃滅し、郷土を守り皇国を絶対に護持せねばならない。②国民義勇軍は戦闘の訓練をし、築城し、挺身切込で敵を殺傷し、軍の作戦に協力する。③決戦に必要な訓練は1．指揮官の指揮方法2．狙撃、手りゅう弾の投げ方、切込、対戦車肉薄攻撃。


本土決戦の日本側の武装は、膨大な物量をもって対応する米国の武装に比較して、余りにも貧弱であった。機銃に対して竹槍である。鎌、包丁なども、全員が所持できなかった。

内閣は一九四五年三月に「国民義勇隊組織ニ関スル件」を決定して、本土決戦の準備をしたが、これは食料増産、災害復旧などが主な任務であったから、戦闘には向いていなかった。

そこで六月には「国民義勇戦闘隊」に改編する心算であった。

国民学校以外の学校は、一九四五年四月から授業を中止する「決戦教育措置要綱」が決定され、「戦時教育令」が五月に公布された。一九四五年は、一月からこのような本土決戦のための戦時立法が頻出した。

〈著者紹介〉

櫻本富雄（さくらもと　とみお）

長野県小諸町与良（現小諸市）出身。元かつしか幼稚園理事長、東京学芸大学講師。戦時期日本文化史、メディア論。

貞子と慎一と
昭和十七年の
春のこと

2023年5月10日初版第1刷発行
著　者　櫻本富雄
発行者　百瀬精一
発行所　鳥影社 (choeisha.com)
〒160-0023 東京都新宿区西新宿3-5-12トーカン新宿7F
電話 03-5948-6470, FAX 0120-586-771
〒392-0012 長野県諏訪市四賀229-1（本社・編集室）
電話 0266-53-2903, FAX 0266-58-6771
印刷・製本　モリモト印刷

ISBN978-4-86782-027-8　C0093